Estrellita, ¿dónde estás?, me pregunto quién serás

Raúl Frías

Raúl Frías nació en Arnedo (La Rioja) en 1986. Licenciado en Periodismo por la Universidad del País Vasco, ha ejercido como redactor en varias publicaciones de muy diversa índole: literatura, gastronomía, ocio o cine son algunos de los campos entre los que se movió su pluma.

También estudió Filología Hispánica en la Universidad de La Rioja, justo antes de asentarse en Londres, donde trabaja y vive con su mujer y su hijo.

Noctalia, publicada en papel en 2011, fue su ópera prima. Lector empedernido desde los diez años, dice haber devorado cientos de libros. Se declara admirador de la ciencia ficción más clásica, de la novela histórica, de la vertiente negra aventurera, de la novela costumbrista y del surrealismo. Entre sus obras predilectas destacan *Solaris, El Club Dumas, La sombra del viento, La isla del tesoro, Kafka en la Orilla, Asesinato en el Orient Express, 20.000 leguas de viaje submarino y 1984.* No esconde tampoco su devoción por el cine y la música. Es un apasionado de Bob Dylan o de The Beatles y de películas como *Blade Runner, V de Vendetta, Gladiator* o *Doce Monos.*

Tiene varias novelas publicadas en Amazon: *Ciudad de piedra, Las mariposas aletean tres veces al atardecer, El sueño de la mariposa* y la Trilogía de los Viajes Imaginarios, compuesta por *A Través del Espejo, El Viaje del Hombre que no Quería Viajar y Estrellita, Estrellita, ¿Dónde Estás?, Me Pregunto Quién Serás.*

Is all that we see or seem but a dream within a dream?

Edgar Allan Poe

A ELLAS, las de siempre y, también, a la sonrisa portuguesa que me anima a levantarme cada mañana.

1

La carretera tenía una apariencia deplorable. Repleta de baches, resbaladiza por la lluvia que había caído y por la neblina que se impuso despúes. Se notaba que hacía años que nadie cuidaba de aquel tramo de asfalto alejado de las grandes urbes. Las carreteras secundarias rara vez recibían ayudas del gobierno, subvenciones que permitían que unos ojerosos obreros se dedicaran durante unos días a repararlas; cubriendo agujeros, echando grava aquí y allá y dejándolas, en la medida de lo posible, transitables.

Sin embargo, ésta era una de las peores que le había tocado recorrer a Roy Saunders. A pesar de que, debido a su trabajo, viajaba mucho. Tanto, que incluso decidió vender su residencia fija un año atrás. Sacó un buen pellizco por su diminuto apartamento en Queens y estableció su residencia en Sacramento... Más o menos. De hecho, la casa era de uno de sus clientes, quizá su mejor activo en cartera, el escritor que mayor éxito había alcanzado de todos a cuantos representaba y, a esas alturas de la película, eran ya unos cuantos. Dieciséis para ser exactos. Como sólo estaba en casa de seguido tres semanas al año, a su cliente no le importaba lo más mínimo dejársela siempre que, como hasta ahora, Roy se moviera con destreza y soltura entre las editoriales y le consiguiera buenos contratos que, entre otras cosas, le permitieran seguir comprando inmuebles que rara vez utilizaba. Los escritores no solían tener buen ojo para los negocios y se guiaban más por impulsos y caprichos que por verdadera necesidad u oportunidades de ganar dinero. No sería raro que pasados unos años, olvidado el éxito y abandonado en las fauces del mundo real —cuyo gusto por los escritores acabados siempre había sido insaciable—, su cliente se viera apocado por las deudas y tuviera que vender sus propiedades a precios irrisorios. Conocía varios ejemplos. Por eso él decidió convertirse en agente y olvidarse de la carrera literaria, que pocas veces garantizaba el éxito y, si lo hacía, solía ser efímero. Incluso, lograr vender muchos ejemplares y llenarse los bolsillos tampoco garantizaba la felicidad: muchos escritores habían alcanzado un punto de frustración y desesperación tal que, hastiados de todos y de todo, se habían quitado la vida. De hecho, a pesar de los múltiples ejemplos repartidos a lo largo de la historia, Roy no tenía que buscar entre los manuales o los libros de historia: tenía su propio caso que, además, le sirvió de catapulta para asomar en el mundo de los agentes literarios y, al mismo tiempo, aumentar unos cuantos ceros su cuenta corriente.

Sabía que alegrarse de una muerte era algo terrible, cruel, inhumano. Cuando Mike Harper decidió pegarse un tiro vestido con bermudas y chaqueta de tweed, dentro de una bañera y con una botella de *Four Roses* entre las manos, en verdad sintió desolación. ¿Cómo era posible? Eso no podía pasarle a él, un joven agente literario de Nueva York, apenas iniciado en el mundillo y que, a sus treinta y dos años, acababa de terminar la carrera de periodismo en una universidad mediocre. Ante la falta de oportunidades laborales y después de negarse a ser explotado, decidió montar un pequeño despacho con los ahorros que disponía de sus años tras la barra de un bar y lanzarse a la aventura de representar escritores. Su primer escritor fue, de hecho, Mike. De carácter hosco, frío y algo paranoico, pero con una manera de escribir que lo cameló al momento. Supo que aquel tipo calvo, barrigudo y mal vestido tenía madera. Decidió representarlo a cambio del habitual diez por ciento. Su primera novela, *El calor de tres cadáveres al anochecer* tuvo un éxito relativo, pero les permitió, a él y a su representado, hacerse un nombre en el panorama literario neoyorquino. Incluso hubo otras marcas, algunas de tradición y calado, que intentaron robarle el cliente, pero Mike demostró ser un tipo leal. Con la segunda novela llegó el éxito. *Un triste lamento en octava menor*, se titulaba. Llegaron las entrevistas, las presentaciones multitudinarias, la aparición entre los *bestsellers* del New York Times, etc.

Pasado el bombazo inicial, Mike lo llamó una noche, de madrugada. Recordaba la conversación a la perfección. Había tenido innumerables pesadillas con ese momento. Estaba tomando una copa con una rubia sin nombre, pero de piernas increíbles cuando, de repente, sonó el teléfono. Era un número desconocido. Algo borracho, Roy salió a la calle, descolgó y se encontró con la voz pastosa de Mike al otro lado.

—Roy, tengo un problema muy gordo. Horripilante, joder.

Los tacos y palabras malsonantes eran habituales en Mike. Tanto en la vida real como en sus novelas. Varios críticos lo habían definido como el Bukowski de los tiempos modernos. Roy dudaba que tuviera verdadera semejanza con uno de los más famosos escritores del siglo veinte, no obstante, si las comparaciones le ayudaban a ganar dinero, bienvenidas eran.

—Muy, muy gordo —insistió.

Tiempo después comprobó que muchos escritores lo trataban como si fuera su mejor amigo, como podrían comportarse con su esposa o marido e, incluso, como si de un familiar cercano se tratara. Le contaban sus miedos y preocupaciones y, si surgía algún problema en sus vidas, no importaba de qué índole, lo llamaban a él, como si acaso tuviera la llave de la puerta que da acceso a todos los enigmas. Roy se limitaba a escucharlos, a consolarlos y, si podía, los aconsejaba en uno u otro sentido. Siempre miraba el porvenir de su bolsillo, claro, pero eso nunca se lo decía a ellos. Mike, como primer autor en contratar sus servicios, disponía de un trato un poco especial, algo más cercano que el resto. Por aquel entonces, tres años después de establecerse como agente, ya disponía de nueve escritores en cartera.

—Mike, amigo, tranquilízate y cuéntame qué demonios pasa.

La agitada respiración del escritor rompía la monotonía al otro lado de la línea.

—Tienes que ayudarme. Estoy en un aprieto. Creo que no paso de esta noche. No, no; ese bastardo quiere comerme o algo peor, joder.

Roy tragó saliva, confuso. Mike era de Boston, pero había vivido durante diez años en Londres y su acento se había degradado tanto que, a veces, sobre todo cuando estaba agitado, le costaba entender lo que decía.

—¿Comerte? ¿Qué significa eso? ¿Quién va a querer comerte? ¿Has estado bebiendo?

—No sé qué es, pero no es humano. Está detrás de mi puerta. Escucho sus arañazos, joder. Está aquí mismo. Hace frío. Un frío espantoso. Pronto entrará. Sabe cómo hacerlo. Se deshará y se colará, convertido en arena, por el resquicio de la puerta. He colocado toallas mojadas, pero sé que no podrán retenerlo por mucho tiempo. Entonces llegará el fin, joder. Mi fin.

Las palabras, absurdas a su entender, retumbaban en la cabeza del agente, quien se pasó el teléfono de una mano a la otra, de la oreja derecha a la izquierda y, tras aspirar una honda bocanada del contaminado aire neoyorquino, respondió:

—Tranquilízate, Mike, amigo. No sé qué te has tomado, pero se te está yendo la cabeza. Relájate. No hay nada ni nadie detrás de tu puerta. Ni, por supuesto, va a comerte. Mike, deja lo que estés haciendo, túmbate en la cama y cierra los ojos. Mañana prometo ir a verte a tu casa. Ya verás como todo esto te parecerá una tontería.

Que Roy supiera, Mike no tomaba drogas y rara vez bebía. Hasta ese momento, jamás le había abordado con un desvarío semejante ni le había tenido que sacar del calabozo o llevarlo al hospital como si tuvo que hacer con otros de sus autores. Mike era un tipo bastante equilibrado. Pero, también era verdad, sobre todo era un escritor y uno nunca podía fiarse de ellos. La normalidad no iba con la especie.

—No estoy en casa, Roy.

El agente arqueó las cejas, sorprendido y confuso.

—¿Dónde estás entonces, si acaso puede saberse? —preguntó después.

—En el Hotel Delfín.

Jamás había oído hablar de un hotel con ese nombre. No estaba en Nueva York, eso seguro. Tampoco se había hospedado en él durante sus giras por el país y eso que había estado en muchos complejos distintos. El Hotel Delfín. El nombre, a pesar de su sencillez, le gustaba.

—No tengo ni idea de dónde está el Hotel Delfín, Mike. Pero si me dices cómo llegar allí, mañana cojo el coche y me planto en la misma puerta.

Sobrevino un silencio, roto por un llanto intermitente, quejoso. La voz del escritor sonaba de fondo, pero Roy era incapaz de entender lo que decía.

—¡Mike, Mike! Coge el teléfono y deja de llorar. ¿Qué demonios te ocurre?

No hubo respuesta, sólo el pitido ininterrumpido del corte de conexión telefónica. Intentó devolverle la llamada, pero se percató de que no había número que marcar. Las palabras «número desconocido» se reflejaron en la pantalla del teléfono móvil, tan duras y crueles como el saldo negativo en una carta del banco. Probó, también, a llamarlo al móvil, pero estaba apagado y saltaba el contestador, con un absurdo mensaje grabado por un Mike, posiblemente, recién levantado. Intranquilo, pero sin posibilidad humana de intervenir en la situación, Roy regresó al bar, tomó unas cuantas copas más con la rubia de piernas increíbles y, a eso de las cinco de la madrugada, estaba en su casa, borracho, haciendo el amor con ella.

A la mañana siguiente, encontraron el cuerpo sin vida de Mike.

2

Despertó con resaca, sin haber dormido apenas. La rubia ya no estaba en la cama y Roy, a pesar del dolor de cabeza, no tardó en comprobar que faltaban cien dólares del cajón de los calcetines. Sonrió ante la ironía del Destino. Juró, durante sus años de instituto, que pasara lo que pasase, jamás se acostaría con prostitutas. Nunca se planteó el porqué de esta resolución tan particular. Tal vez respondiera a un impulso derivado de su educación católica o a un feminismo que, aunque no se manifestara de manera abierta, estaba presente en su carácter. Hasta entonces había cumplido su promesa. Incluso esa noche, a pesar de que el polvo le había salido por cien dólares. Sin embargo, si uno se ponía puntilloso, a la rubia de piernas increíbles había que considerarla una ladrona, no una prostituta, aunque, a efectos prácticos, el resultado había sido el mismo: sexo a cambio de dinero. Recién levantado, dio un vistazo rápido a la casa y comprobó que, a excepción del fajo de billetes —eran de diez—, no faltaba nada.

Se levantó, duchó, desayunó algo y miró el teléfono. Tenía un mensaje de voz. Desbloqueó el aparato y lo escuchó. Eran sonidos confusos: quejidos, murmullos, algo semejante a una risa nerviosa y, tras un silencio de unos segundos, la voz de Mike pronunciando dos palabras: Hotel Delfín. Con el alcohol y el sexo, casi se había olvidado del escritor. De su llamada desesperada, de su tono asustado porque, supuestamente, algo o alguien estaba a punto de entrar en su habitación y devorarlo. Aunque todo aquello le parecía una sarta de tonterías, desvaríos de un drogadicto o un alcohólico, Roy estaba preocupado. Mike fue el primero en apostar por él. Sin el éxito de sus novelas, quizá no hubiera podido seguir adelante con el negocio, medrar. Le debía mucho. Intentó llamarlo otra vez, localizarlo, pero el móvil de Mike seguía apagado.

Notaba una sensación de angustia en el pecho. Había motivos para sentirla, claro, pero las razones esgrimidas por el escritor no parecían convincentes. No había caníbales en los Estados Unidos. Tampoco, que él supiera, en el mundo civilizado. En seres sobrenaturales o monstruos no se dignaba ni a pensar, como escéptico que era. ¿Entonces, por qué estaba tan preocupado? No lo tenía claro, pero no podía evitarlo.

Se vistió rápido con vaqueros, camisa blanca, zapatos de cuatrocientos dólares y una americana negra. Para Roy, los zapatos distinguían a un tío con clase de uno que no la tenía. Los pantalones, camisas y americanas, en el fondo, eran idénticas unas de otras —más allá de la calidad de los materiales—, pero los zapatos, no. Cada par era distinto, tenía su propia manera de brillar. Roy no gastaba mucho dinero en ropa, pero le gustaba tener zapatos caros. Llegó a la recepción, le dijo al portero que no sabía cuándo regresaría y que, si alguien venía en su búsqueda o preguntando por él, le dejara el recado. Óscar, un inmigrante español ya anciano que a pesar de llevar treinta años como portero del edificio no hablaba bien inglés y conservaba un acento demasiado fuerte, cabeceó en silencio y despidió a Roy con la mano. Al agente le gustaba el portero. Discreto, silencioso y eficiente. «Ojalá los escritores fueran así», había pensado innumerables veces.

En la calle hacía frío, el cielo estaba nublado. Echó de menos haber cogido un abrigo, pero la imagen era muy importante. Era doce de enero y, si uno se fijaba bien, aún podía ver los últimos resquicios de las fiestas navideñas. Luces en los árboles, adornos en los escaparates de las tiendas o figuras de Santa Claus colgadas de los balcones. Roy buscó su coche, un recién comprado Audi A3, colocó un disco de Los Beach Boys y arrancó. El escritor no vivía muy lejos del apartamento de Roy, a unos veinte minutos.

Cuando llegó hasta el piso de Mike, se había desatado una fina lluvia que amenazaba con ir a más. Era un edificio de fachada marrón, viejo, construido poco después de la segunda gran guerra. Alojamiento barato y más o menos tranquilo —Mike siempre se quejaba de los gemidos sexuales de una pareja joven que vivía en el piso de abajo— donde poder escribir novelas. Roy le había preguntado alguna vez por qué no se mudaba a una zona mejor, a una casa más bonita, más nueva y más cómoda. Como siempre obtenía la misma respuesta —«me gusta mi apartamento»—, dejó de preguntar. Al final, de tanto acudir allí, Roy había terminado por acostumbrarse e, incluso, debía admitir que a él también le gustaba al sitio. Era muy apropiado para un escritor de éxito moderado.

Temeroso de mojarse más de la cuenta y ansioso por ver si Mike había regresado sano y salvo del misterioso Hotel Delfín, Roy subió las escaleras de dos en dos hasta el cuarto piso, donde el escritor vivía. Por supuesto, no había ascensor. «Así hago deporte, que de todo te quejas, joder». Rememorando la frase, una sonrisa se dibujó en la cara de Roy, borrada de cuajo cuando, al llamar a la puerta a golpe de nudillos, el rectángulo de ajada madera cedió.

—¿Qué coño pasa aquí? —preguntó al aire.

Luego entró, con paso tembloroso y una sensación de angustia recorriéndole el cuerpo, un sentimiento real de que algo no marchaba bien. Gritó el nombre de Mike varias, recorrió el salón, la cocina, la habitación y llegó al baño, que tenía la luz echada. Al cruzar el umbral, allí estaba el escritor, metido en la bañera, con la botella de Bourbon en la mano. También estaban sus sesos, esparcidos por el baño: en el suelo, en las paredes, en el espejo. Roy no pudo evitarlo y vomitó. El agente literario no estaba acostumbrado a los cadáveres fuera de las novelas. Luego se miró en el espejo. Ojeroso, con el cabello oscuro, despeinado. La piel seca, sin hidratar. Las manos temblorosas. De fondo, mezclado con el trozo de cerebro adherido al cristal, el grotesco reflejo de Mike, con la cabeza colgando, los ojos en blanco y la boca abierta.

Incapaz de mirar otra vez, el agente literario abandonó la casa a todo correr, cerró la puerta, volvió al coche, subió los seguros, encendió la calefacción y llamó a la policía, que tardó casi cuarenta minutos en acudir.

3

Hubo muchas preguntas. A pesar de haber llamado él, Roy pasó a ser el principal sospechoso de la policía. Sobre todo, porque era la última persona a quien el demente escritor había llamado. Roy contó su historia, expuso su coartada, habló sobre la rubia, sobre cómo pasaron la noche juntos. Les habló también del extraño mensaje, lo oyeron en la sala de interrogatorios. Que no recordara el nombre de la mujer no ayudó a que el agente creyera el discurso. Estuvo tres horas en el calabozo. Del incidente del robo no dijo nada: si esperaba ayuda de la mujer, lo mejor era no ponerla en su contra.

Pasados aquellos interminables ciento ochenta minutos, un policía de uniforme con visible sobrepeso, bigote mal afeitado y mejillas grasientas vino, abrió la celda y permitió a Roy Saunders recuperar la libertad.

—El gerente del bar y dos de los camareros han corroborado que lo vieron salir abrazado a una chica de cabello rubio sobre la hora que usted nos dio. Las cámaras de seguridad han terminado de ratificarlo. Puede, por lo tanto, marcharse —explicó.

Roy se paró en seco, firme, mirando a los ojos del agente.

—¿Hay algún sospechoso? —quiso saber.

El policía se encogió de hombros.

—Ninguno, por ahora. Usted era nuestra carta principal. Pero, como las horas no coinciden, es imposible que lo hiciera usted.

—Se lo he dicho desde el principio. Mike era mi amigo, no tenía ningún motivo para matarlo.

El oficial hizo un gesto negativo moviendo un dedo.

—Eso lo dice usted como, también, lo dicen los demás acusados. Señor Saunders, de todos los que pasan por aquí día tras día, aún no he tenido la suerte de conocer a uno solo que admita sus delitos.

Además, si hay una persona en este mundo que podía tener un motivo para haber cometido el asesinato, es usted.

El agente literario agrió el gesto, dio dos pasos hacia atrás, preguntó, algo molesto por la impertinencia:

—¿Qué motivo es ése? Si puede saberse, claro.

—El más básico de todos: el económico. Como agente del fallecido, le unía con él un vínculo económico que, en cualquiera de los dos sentidos, podía derivar en un asesinato. En este caso ha sido el escritor el malparado, pero no hubiera sido raro que hubiese sucedido al contrario y que fuera usted quien descansara en la morgue en estos momentos.

El pensamiento y la imagen de sí mismo muerto, frío y pálido que se dibujó en la mente de Roy Saunders, lo hizo tragar saliva con dificultad y peinarse de manera nerviosa, con dedos temblorosos.

"—Ya sabe que yo no lo maté. Así que, si no le importa, preferiría que evitase esa clase de comentarios. Por cierto, ¿han descubierto ya dónde está el Hotel Delfín?

El policía torció el gesto, se rascó la nariz, agachó la mirada, reflexionó un segundo y dijo:

—Eso es lo más raro de todo este asunto. La referencia al Hotel Delfín. Lo hemos buscado y sí que existe, de hecho, hay tres, uno en París, otro en Barcelona y un último en Buenos Aires. Por supuesto, Mike no estuvo en ninguno de ellos. Para ser más exactos, no salió de la habitación de su apartamento.

—¿Perdón?

El apunte desconcertó al agente literario. En su cabeza había recompuesto el puzzle a su manera: alguien había matado a Mike en el Hotel Delfín —que, según dedujo, debía de estar en Nueva York— y después trasladado el cadáver hasta el piso, con la intención de alejar el cuerpo del lugar del crimen y, así, hacer parecer que el asesinato era en realidad un suicido.

—Sé que es raro, de ahí nuestro desconcierto con todo el tema del Hotel Delfín y el Asesino Caníbal, como hemos decidido bautizarlo, pero es la verdad. Por eso supimos que era usted la última persona con la que había hablado. Rastreamos las llamadas de su teléfono fijo y nos llevó hasta usted, señor Saunders.

Aquello era aún más raro. Mike nunca usaba el fijo, siempre lo llamaba desde el móvil y, además, estaba el asunto del «número desconocido».

—¿Por qué usó entonces un número oculto para contactar conmigo y soltó todo ese rollo del Hotel Delfín?

El oficial, muy nervioso, se encogió de hombros y dijo:

—Me temo que no puedo responder a esas cuestiones todavía, señor Saunders. Estamos investigando, pero ha de tener un poco de paciencia y confiar en nuestro trabajo. Haremos lo posible por esclarecer este crimen y por meter entre rejas a quien lo pertrechó.

—Esto es muy raro. Muy, muy raro. No entiendo nada. ¿Por qué esa fijación por el Hotel Delfín? ¿Acaso estaba borracho o drogado?

Otra negación seguida de un nuevo encogimiento de hombros.

—Según la autopsia, no se han encontrado sustancias de ningún tipo y, en cuanto al alcohol, el equivalente a dos dedos de whisky. Insuficiente para delirar o sufrir alucinaciones. Insisto en que no tengo ni idea de por qué creyó que estaba en el Hotel Delfín. A falta de más datos y de pruebas concluyentes, como marcas de forcejeos o huellas dactilares, valoraremos también la opción del suicidio. Conviene descartar todas las opciones, ya sabe. —Guardó silencio, carraspeó ruidosamente, dijo—: Si no le importa, me gustaría hacerle unas cuantas preguntas sobre Mike, esta vez aprovechando su condición de amigo.

Roy Saunders tomó asiento y durante una hora respondió a las cuestiones del oficial. Quiso saber si tenía enemigos, familia cercana, preocupaciones económicas o personales, tendencias suicidas. Hubo una larga lista de preguntas, algunas sin valor, otras con más sentido. Respondiéndolas, el agente literario se dio cuenta de lo poco que sabía sobre Mike Harper, un escritor de treinta y nueve años nacido en Boston y criado en Londres. Más allá de esos datos biográficos y de todo lo referente a su carrera literaria, Roy no sabía nada sobre Mike, hecho que le desconcertó y le sumió en una tristeza extraña, un punto absurda. A fin de cuentas, sólo era su agente. Ni su padre ni su pareja ni un amigo íntimo, aunque el escritor quizá creyera que sí.

Cuando la ronda de preguntas hubo terminado, Roy se marchó de la comisaría cabizbajo, lleno de dudas; condujo hasta casa, se dio una larga ducha con agua muy caliente —en parte para relajarse y en parte para quitarse el olor a muerte que sentía impregnado en la piel—, echó la ropa al cubo de la colada, abrió una cerveza y se puso a ver un partido de béisbol, dónde los Yankees ganaban de paliza a su adversario. Había decidido no pensar, al menos durante ese día que, por supuesto, se tomó libre. Carecía de las fuerzas necesarias para ir a trabajar.

4

Si se cometió un asesinato, nunca se esclareció. El caso fue resuelto y archivado: se dictaminó que Mike Harper, en un ataque transitorio de demencia, se había quitado la vida pegándose un tiro en la bañera de su apartamento. Todo el asunto del Hotel Delfín se asoció a esta repentina locura. Así salió publicado también en los periódicos. Hubo una cierta conmoción en los círculos literarios, pero, al no ser un autor de verdadero renombre, en menos de tres semanas cayó en el olvido.

Roy no se tomó demasiado bien el cierre del caso, convencido de que alguien había asesinado a su representado, pero a falta de pruebas y de su incapacidad para atar cabos e hilar ideas, acabó por desistir y aceptó, aunque no de buen grado, que el escritor se había suicidado. No entendía por qué, pero sabía que la mente de las personas era demasiado compleja y, además, a pesar de lo que creía antes de su muerte, no conocía lo suficiente a Mike. En cierta forma, esa obcecación en ver un asesinato donde no lo había surgía de un sentimiento de culpa, de responsabilidad. La última persona que habló con Mike fue él. Lo hizo en una llamada desesperada donde el escritor le pedía ayuda ante una muerte que consideraba —y así fue— inmediata. A pesar de que sabía que no pudo hacer nada por remediar la situación, la culpa estaba ahí, muy dentro. «¿Qué hubiera pasado si en vez de ignorarle me hubiese acercado a su casa?», solía preguntarse. La respuesta variaba dependiendo de su humor. Si estaba de malas pulgas o decaído, se decía que hubiera podido salvarle si en vez de pensar con el pene lo hubiera hecho con la cabeza. Si tenía el espíritu en paz, se disculpaba diciendo que no tenía la obligación de cuidar de nadie, amén de que Mike le había dicho que estaba en el Hotel Delfín, circunstancia que dificultaba las cosas; ¿por qué se le tenía que haber ocurrido ir a su apartamento cuando el propio escritor le había dado una ubicación diferente?

Sin embargo, la opción que más le convencía y la que le dejaba más tranquila la conciencia era la de que, si hubiera ido allí, ahora en vez de un muerto, quizá hubiera dos. Porque Roy, a pesar de haber aceptado la teoría del suicidio, seguía creyendo que a Mike Harper lo habían asesinado.

Todo cambió, no obstante, cuando numerosos escritores decidieron ponerse en contacto con él, algunos ya con una amplia carrera a sus espaldas, para que los representara y, sobre todo, cuando un par de meses después de su muerte, las dos novelas de Mike Harper comenzaron a venderse a ritmo frenético. Pronto se colaron en las listas de los más vendidos y allí permanecían, con bajones y repuntes, diez años más tarde. La inyección económica que esto provocó añadió más dudas y una renovada dosis de culpa a Roy, quien sentía una gran alegría cuando abría el New York Times y, semana tras semana, allí estaban las dos novelas. Se alegraba, en definitiva, de la muerte del escritor: gracias a ella se estaba haciendo muy rico. «El morbo mueve a las masas y pocas cosas hay más morbosas que una muerte rodeada de un halo de misterio», respondía Roy Saunders cuando alguien le preguntaba por el inesperado éxito de los libros de Mike. Nunca añadía ni una palabra más. A veces, cuando la angustia y la ansiedad lo sobrepasaban, se emborrachaba. Con los años, la pena se fue y arrastró con ella a la culpa. Ahora era un hombre muy ocupado e importante que no podía preocuparse por una muerte en la que no tuvo nada que ver ni —como acostumbraba a decirse a sí mismo— pudo remediar. Una muerte acontecida hacía ya más de diez años.

—¡Mierda! —gritó el agente literario al tiempo que daba un brusco volantazo.

El coche basculó hacia la derecha, esquivando una gran piedra en mitad de la carretera, para después recuperar la estabilidad y la trayectoria original. La niebla era cada vez más densa y mostraba una tonalidad amarillenta. Hacía bastante rato que no se cruzaba con otros vehículos. Iba de camino a Maine, pero, a tenor del estado de la carretera y de la poca visibilidad, lo más prudente sería detenerse en la población más cercana y pasar la noche en un hotel. Según el navegador, el municipio más próximo era Old Hills, ubicado a unos ciento diez kilómetros de donde estaba. Decidió ir allí.

A Roy no le gustaba esa parte de los Estados Unidos. La gente era muy cerrada de mente y demasiado tradicional para su gusto. Tampoco leían demasiado. Las ventas de libros lo demostraban, pero las editoriales, en su afán de llegar al mayor número de lectores posible, exigían viajes a lo largo y ancho del país, con el fin de negociar contratos con librerías y bibliotecas y de programar presentaciones y firmas de libros y toda clase de eventos publicitarios. Roy, como agente literario, era el encargado, comisiones mediante, de ir de aquí para allá y arreglar todo este tipo de asuntos. Trabajaba conjuntamente con autores y editoriales. Por eso no podía negarse cuando el editor de turno le exigía coger el coche y plantarse en Portland o Minnesota a la mañana siguiente.

Tenía que estar en Maine en dos días. Pretendía viajar toda la noche y llegar por la mañana. Roy no tenía problemas para mantenerse despierto: poco importaba si era para quedarse en casa adelantando trabajo o para conducir durante horas. Con tomar un café o dos tenía suficiente. Aquel contratiempo, por lo tanto, le hizo chasquear la lengua y dar un puñetazo en el asiento. No le molestaba tener que parar, pues tenía tiempo de sobra, lo que le importunaba era tener que hacerlo en un pueblucho de mala muerte lleno de palurdos. Por desgracia, no le quedaba más remedio.

Siguió las instrucciones del navegador durante hora y media. A cada minuto, la niebla era más densa y la visibilidad más reducida. Apenas veía unos cuantos centímetros por delante y casi nada por detrás. Durante esos noventa minutos, no encontró a nadie en su carril y sólo se cruzó con dos camiones. Mantuvo una velocidad uniforme de setenta y cinco kilómetros por hora. No quería cagarla y despeñarse barranco abajo por ir demasiado deprisa. Por fin, el GPS indicó que girara a la izquierda y los faros del Audi alumbraron el cartel que anunciaba la entrada en Old Hills. Dentro del pueblo, que el ordenador de abordo definió como una población rural de dos mil quinientos habitantes, Roy Saunders apagó el reproductor de música, que hasta entonces había escupido una lista de éxitos de Jazz, redujo la velocidad y agudizó la vista en busca de un hotel. A pesar de la poca visibilidad, pudo distinguir varias casas bajas de tejado a dos aguas, algunos huertos y terrenos labrados, una plaza central y un par de parques. También un edifico que, si no le fallaba la intuición, debía de ser un colegio. A esa hora de la noche, claro, estaba desierto. Para ser exactos, el pueblo entero estaba vacío. No se veía un alma por las calles y sólo un par de casas tenían las luces encendidas.

Cuando ya estaba perdiendo la esperanza de encontrar un lugar donde pasar la noche, en las afueras, cerca de una gasolinera, encontró un edificio de aspecto antiguo y aire victoriano. En su fachada destacaba un letrero de neón, por completo fuera de lugar y en cierta manera anacrónico, con la palabra HOTEL rotulada en llamativas letras rojas. Roy Saunders se alegró de que aquel pueblo perdido tuviera hotel, por muy pintoresco que fuera. Al entrar en Old Hills se temió lo peor: tener que ir en busca de una pensión de mala muerte o, aún más horrible, hacer noche en el coche.

El aparcamiento estaba vacío. Dejó el Audi al lado de la entrada, apagó el motor, echó un vistazo a esa fachada monstruosa de color negro, salpicada de ventanas y ornamentos extraños, salió, cogió la pequeña maleta que siempre llevaba consigo y, de dos zancadas, se plantó en medio del hall principal.

5

La sala era más anodina de lo que esperaba. Con esa fachada tan espectacular, en la imaginación de Roy Saunders se había formado la imagen de uno de esos castillos de pesadilla, en la línea de las películas en blanco y negro sobre el conde Drácula. El interior, sin embargo, era más austero y menos llamativo que el exterior del edificio. Un olor a madera vieja, a polvo, entró por la nariz del agente literario nada más poner un pie en el hotel. Parecía haber viajado al pasado, hasta los primeros años del siglo veinte. El hall era un espacio más bien pequeño, sin ascensor, pero con una amplia escalera. Había unos potentes focos en el techo, en hilera, algo torcidos. Nada espectacular ni de excesivo buen gusto ornamental. La luz era amarillenta y algo molesta a los ojos, pero cumplía su función de iluminar la sala por completo. Las paredes estaban forradas en papel. En el centro de la sala estaba la mesa de recepción. Tras ella aguardaba un tipo de lo más pintoresco. Vestía camisa hawaiana, usaba un alborotado peluquín que ni siquiera se molestaba en colocar de manera correcta y tenía los dedos huesudos llenos de anillos. Parecía estar buscando algo en Internet o realizando alguna clase de tarea. Maleta en mano, Roy se acercó hasta el escritorio.

—Disculpe, me gustaría alquilar una habitación.

El tipo, que hasta entonces no se había dignado a levantar la vista, echó un rápido vistazo al agente literario. Su gesto era semejante al que cualquiera tendría después de haberse pasado las últimas dieciocho horas chupando limones. Tenía los ojos azules, grandes, muy abiertos, rodeados de arrugas. Estaba flaco como un alfiler y, a través de la camisa a medio desabrochar —a pesar de que el ambiente era más bien fresco—, se intuía un tatuaje, un animal, creyó Roy. Debía de rondar los cincuenta.

—¿Tiene alguna preferencia especial? Sólo hay dos habitaciones ocupadas, puede elegir.

Roy se encogió de hombros, dejó la maleta en el suelo y apoyó las manos sobre el mostrador. Por el rabillo del ojo vio lo que el recepcionista estaba haciendo a su llegada: jugaba un Solitario que, por cierto, llevaba bien encaminado.

—Es la primera vez que estoy aquí, así que no sé qué decirle. No tengo ninguna preferencia, la verdad. ¿Tiene usted alguna sugerencia para mí?

Otra mirada escrutadora. El tipo de camisa hawaiana esbozó lo que parecía una sonrisa, aunque, en sus labios, resultaba una mueca de lo más desagradable.

—Creo que podría darle una de nuestras suites. Si me permite la observación, se aprecia a simple vista que no le falta a usted la pasta. Debe de ser uno de esos yuppies de la Gran Manzana. —Revolvió unos papeles, añadió—: Por cierto, está usted muy lejos de casa.

A pesar de que su aspecto lo delataba con cierta facilidad, a Roy le sorprendió el buen ojo del recepcionista. Lo había definido a la perfección. Pasando por el alto el disimulado ataque recibido, preguntó:

—¿Cuántos pisos hay?

—Contando la planta baja, cuatro.

Un silencio. Los focos chisporroteaban sobre sus cabezas. La lluvia parecía haber vuelto. Se escuchaba su machaque constante contra la fachada y ventanas del edificio.

—¿En qué piso están las habitaciones ocupadas? —quiso saber Roy.

—Ambas en el primero —respondió el tipo después de un vistazo rápido a las cajoneras de llaves situadas a su espalda.

Roy calló, reflexionó un instante y volvió la mirada hacia las escaleras, que se perdían en un reguero de luz confusa. Luego dijo:

—Prefiero estar solo, si no le importa. Una suite en el cuarto piso, si la tiene, estaría bien.

El hombre pestañeó, se rascó la barbilla y observó con detenimiento a Roy, una vez más. Luego se levantó despacio, buscó a su espalda y de un cajón sacó una llave antigua.

—Habitación trescientos treinta y tres. Es la última de todas. Al final del pasillo, a la derecha. Es nuestra mejor estancia. Con televisión, nevera y mueble bar. Esos lujos, por supuesto, se incluyen por separado en la factura. —Levantó un dedo en el aire, dijo—: Por cierto, aún no me ha dicho cuánto planea quedarse.

—Sólo esta noche.

El recepcionista carraspeó, minimizó la ventana del Solitario y accedió a un programa básico de gestión, una versión antigua y barata del que usaba su propio contable para llevar las cuentas de la editorial. El ordenador, ahora que se fijaba con detenimiento, era una pieza de museo, un Apple Imac G3, si no le fallaba la vista ni la memoria. Del año noventa y nueve o dos mil, lo más probable. Era el modelo que usó en la universidad durante sus años de estudiante. Hoy en día, bueno, tal vez resultara funcional para un hotel apartado del mundo, pero para el resto de los mortales, aquella máquina estaba más que desfasada. No obstante, en aquel hotel sin nombre, todo poseía un aire a viejo, con la única excepción de los potentes focos del techo y el neón de la fachada. Incluso las llaves eran tradicionales, a pesar de que las magnéticas llevaban funcionando desde hacía muchos años.

—Serán treinta y dos dólares, entonces. Los gastos de habitación, si acaso los hay, se le cargarán mañana. ¿Pagará en tarjeta o en efectivo?

Roy Saunders buscó dentro del bolsillo interior de la americana y sacó una tarjeta de crédito.

—Con tarjeta, por favor.

El recepcionista de camisa hawaiana abrió un cajón del escritorio y extrajo un lector de tarjetas, que encendió y, una vez estuvo funcional, cogió la tarjeta de crédito de Roy y, con gesto profesional, la cruzó por la máquina. Con ella en la mano y con el mismo gesto agrio de siempre, aguardó hasta que las dos facturas estuvieron impresas. Entonces le dio una al agente literario, se quedó con la otra y le entregó la llave.

—Espero que disfrute de su estancia con nosotros.

Roy asintió y guardó en el bolsillo interior factura, tarjeta y llave. Lo más probable es que hubiera más trabajadores en el hotel. Amas de llaves, encargados de la limpieza, camareros, cocineros... El equipo habitual que permite funcionar a cualquier establecimiento de este tipo. Sin embargo, a esa hora de la noche, Roy estaba convencido de que, del personal, sólo quedaba aquel extraño tipo de camisa hawaiana, grandes ojos azules y gesto impertinente.

—Gracias —correspondió, algo seco, contagiado por el carácter del recepcionista.

Se lanzó, maleta en mano, escaleras arriba. En la línea decorativa del resto del hotel, la escalera estaba iluminada con lámparas que copiaban la forma de las antorchas. Justo cuando estaba a punto de alcanzar la primera planta, una pregunta cruzó por la mente de Roy. Descendió dos escalones, buscó con la mirada la mesa de recepción, donde el hombre parecía haber retomado la partida de Solitario, se aclaró la garganta y preguntó:

—Perdone, ¿podría decirme cómo se llama el hotel?

El recepcionista alzó la vista con indiferencia, en un gesto que debía de tener muy mecanizado por la naturalidad con la que lo ofrecía, dudó un instante, pero al final dijo:

—Rara vez alguien quiere saber cómo nos llamamos —aseguró, más para sí mismo que para Roy—. Sé que es un rasgo característico y que hay muchos complejos famosos que basan su reputación en el nombre, pero a nosotros no nos hace falta. No gastamos dinero en publicidad. Sin embargo, ya que le interesa, a efectos legales, somos el Hotel Old Hills.

«Debí suponerlo», se dijo Roy, quien, tras agradecer la información, continuó ascendiendo hasta la última planta, donde estaba ubicada su habitación.

6

Una alfombra de color verde cubría el pasillo en su parte central. En las zonas desnudas, situadas a izquierda y derecha de la pieza, suelo de madera negra. Más focos en hilera, también torcidos, en el techo. Cuadros de fruta y cetrería. Cuatro en total, dos por temática. Una planta de aspecto poco cuidado en mitad del corredor, con hojas dobladas, a medio marchitar. Un espejo ancho, cuadrado, ubicado al final del pasillo. Siniestro, inesperado. Roy había estado en hoteles lujosos, modernos, donde los acabados metálicos y los espejos eran abundantes, pero jamás había estado en un hotel así, tan antiguo, de estilo victoriano, rozando el gótico, con un elemento tan discordante como un espejo enorme al final del pasillo de la cuarta planta. Donde debía estar la pared final, estaba el espejo. Ocupaba todo el muro. Como su habitación quedaba al final del corredor, el agente literario no tenía más remedio que acercarse al espejo. A cada paso, la superficie acristalada reflejaba de manera precisa a Roy, que arrastraba los pies, nervioso, cada vez más ansioso por llegar y encerrarse en su cuarto. A mitad de pasillo, echó a correr. Cuando estuvo frente a su puerta, la habitación trescientos treinta y tres, el espejo atrajo su atención como un imán. El agente observó su reflejo, el desgaste que los años habían producido en su aspecto. La juventud, por desgracia, se había marchado con cada día transcurrido para nunca más volver. Ojeroso, con el pelo corto, con entradas cada vez más visibles. Los ojos marrones, cansados; arrugas en la frente. La boca fina, como si la hubiera encargado a un artista parisino, los labios agrietados por la humedad y el frío, barba de tres días. Vestía traje negro, camisa blanca —un poco arrugada después del viaje—, zapatos de más de quinientos dólares, una gabardina gris. A veces, en lugar de un agente literario, la gente pensaba que era un policía o un investigador privado. Lo más

20

probable era que su afición a la novela negra influyera de forma inconsciente en su modo de vestir, imitando a los protagonistas de aquellas historias truculentas sobre asesinos y víctimas. También él tuvo que enfrentarse a una situación así. De hecho, le sorprendía que ninguno de los autores que solicitaron sus servicios después de la muerte de Mike se decidiera a plasmar la historia en papel, bien tal y como sucedió, bien con una adaptación ficticia basada en ella.

—Suficiente. Deja de portarte como un crío. Raro, demasiado grande, sí, pero sólo un espejo, a fin de cuentas —susurró mientras metía la llave en la cerradura.

La puerta cedió con un chirrido metálico. Parecía que el mecanismo llevaba años sin accionarse. Tal vez era así. Quizá hacía años que nadie se hospedaba allí. Con una creciente sensación de alivio por dejar atrás el pasillo y, con él, al espejo, Roy Saunders entró en la habitación trescientos treinta y tres del Hotel Old Hills, buscó el interruptor de la luz a tientas —no tardó en encontrarlo, ubicado junto a la entrada—, lo accionó y cerró la puerta a su espalda. Una iluminación ámbar salpicó la estancia, extendiéndose aquí y allá, alumbrando cada rincón del cuarto.

Era una habitación bastante coqueta, impregnada, como el resto del edificio, de aroma a viejo, de ese estilo propio de los compases iniciales del siglo veinte. Había un armario grande. También una cama doble de edredón blanco impecablemente limpio, una alfombra algo deshilachada con el dibujo del mapamundi en el centro, una chimenea cubierta, una mesilla de noche, un aparato de televisión —de tubo, por supuesto— sujeto a la pared por un brazo extensible, una nevera de pequeño tamaño junto a la chimenea. El electrodoméstico, viejo y amarilleado, rompía el encanto del cuarto, por ser anacrónico con el resto de elementos y porque, la verdad, no pegaba. El techo lo presidía una lámpara con forma de candelabro y, sobre la chimenea, estaba colgado un cuadro sin firma. Era la representación de una escalera cuyos bordes estaban cortados por los límites de la pintura. A los pies de la escalera, un niño en pañales fumaba un cigarro. En el cuarto peldaño, un cubo de metal con lo que parecía arena en el interior amenazaba con caer sobre la cabeza del bebé. En el lado izquierdo de la escalera, que estaba pintada de frente, sin hacer caso de las reglas de perspectiva, dos pies cercenados a la altura del tobillo parecían mirar al chico, que los ignoraba, demasiado concentrado en el cigarrillo que se consumía entre sus dedos. La contemplación de la pintura le produjo un escalofrío a Roy. Decidió que, si quería pegar ojo durante la noche, tenía que deshacerse del cuadro: lo descolgó y lo guardó en el primer cajón de la mesilla de noche, junto a una Biblia de tapas negras.

Mirando hacia la pared desnuda, Roy Saunders respiró con calma, expulsó los nervios acumulados, se sentó en la cama, abrió la maleta, sacó el neceser de viaje —cogió champú, gel, una toalla mediana y una esponja de usar y tirar—, un pantalón corto deportivo y una camiseta. La calefacción estaba encendida y la temperatura era muy agradable, debía de estar en torno a los veintiocho o treinta grados. Satisfecho, fue al baño, se desnudó, apoyó la ropa sobre el retrete y se dio una ducha caliente, que lo despejó y, entre otras cosas, le arrancó del todo el desasosiego que le recorría la columna vertebral desde el enfrentamiento con el espejo. El aseo era sencillo: paredes de azulejos blancos, suelo de piedra, semejante a la pizarra, pila, retrete y ducha con mampara. Además de otro espejo, esta vez de un tamaño razonable. «Me convendría afeitarme», pensó, pero, ya puestos, lo haría antes de llegar a Maine, en un hotel de verdad, con todas las comodidades posibles.

Terminada la ducha y, sintiéndose de nuevo dueño de su razón y serenidad, colgó el abrigo y la americana en dos de las cuatro perchas de las que disponía el armario. Luego dobló con cuidado los pantalones y la camisa, devolvió ambas prendas a la maleta —las puso debajo de la ropa sin usar—, guardó los zapatos bajo la cama. Se dio cuenta de que llevaba muchas horas despierto y sin comer. No tenía demasiado sueño, pero se moría de ganas de enterrar en el olvido aquel día tan extraño y, para eso, sabía que el camino más corto era dormir.

Se arrodilló, olió el edredón, que desprendió un aroma fresco, a flores. Luego deshizo la cama, comprobó que las sábanas estuvieran igual de limpias que la colcha, se embutió en el pijama y se deslizó dentro, cerrando los ojos y abandonándose en espera de que el sueño lo alcanzara.

7

Abrió los ojos de manera repentina, con cierta brusquedad. Se encontró con el techo blanco, con la barroca lámpara en forma de candelabro. Estaba sudado, algo mareado. El ambiente era caluroso, asfixiante. Necesitaba con urgencia un vaso de agua. Se levantó despacio, incorporándose poco a poco, en distintas fases, como si respondiera a un protocolo establecido de antemano.

Con pasos cortos se dirigió al baño, dispuesto a beber directamente del grifo. Roy, con la garganta seca como si hubiera estado comiendo arena, se llevó una desagradable sorpresa cuando, al girar la manivela, no salió ni una sola gota de agua. Se agachó, buscó la llave de paso y la cambió de lado, por si acaso el encargado de mantenimiento la hubiera cerrado, quizá como medida de ahorro ante el poco uso que se daba de la habitación, pero no ocurrió nada.

Volvió al dormitorio, abrió el frigorífico en busca de agua, pero tampoco había en la nevera. Una botella de ginebra, otra de vodka, una de whisky y una más de ron. Todas marcas blancas, baratas, compradas en el supermercado del pueblo. También había refrescos de cola, tónica, limonada y zumo de piña, pero ni rastro de agua. Molesto, se calzó los zapatos de quinientos dólares, que con el pijama quedaban ridículos, se frotó los ojos para quitarse las legañas, comprobó la hora en el teléfono móvil —para su sorpresa, no tenía notificaciones— y soltó un gruñido de queja cuando vio que eran las cuatro y media de la madrugada. Cogió también las llaves del cuarto y, evitando mirar al espejo, se encaminó hacia recepción.

El ambiente estaba algo cargado, debido, probablemente, a la alta temperatura que reinaba en el hotel. En calefacción no escatimaban gastos, eso estaba claro. El aire, impregnado de por sí por aquel hedor a moho, a viejo, olía raro. Portaba una mezcla de aromas diversos: a fruta podrida, a hierro, a perfume barato. Todos juntos y, al mismo tiempo, ninguno en concreto. Roy se tapó la nariz con la camiseta y respiró debajo de la tela. Atravesó el pasillo, siempre sin mirar atrás, evitando el enfrentamiento con el espejo, ignorando el crujido de la madera bajo sus pies y descendió, tan rápido como pudo, los tres pisos que lo separaban del hall de recepción. Bajó rodeado por el silencio sepulcral del hotel, donde nada ni nadie quebraba la paz propia de un sitio casi vacío, la calma habitual de un pequeño pueblo de los Estados Unidos. Una vez abajo, echó un rápido vistazo en busca del tipo de camisa hawaiana, pero allí no había nadie. El ordenador estaba apagado, la silla vacía. Los papeles seguían revueltos, pero no había nadie sobre ellos. Las luces permanecían echadas, pero lo más seguro es que el tipo se hubiera marchado a dormir a cualquiera de las muchas estancias desocupadas.

Por supuesto, el hotel carecía de servicio de habitaciones. No había teléfono en el cuarto de Roy ni artilugio alguno que permitiera comunicarse con recepción. Más que a un hotel, el lugar se asemejaba a una residencia particular cuyo tamaño hubiera permitido a sus dueños alquilar habitaciones para sacarse un dinero extra que les ayudara a pagar la hipoteca o, si acaso ya les pertenecía, no tener que trabajar; más allá, claro, de sus funciones en el edificio. Roy Saunders recorrió la sala en busca de una máquina expendedora, pero allí no había ninguna. Empezaba a estar irritado y ansioso porque, aunque sabía que podía aguantar hasta la mañana siguiente sin beber, tenía sed ahora, en ese momento concreto de la noche. Se percató de que el ambiente era algo más frío allí que en el resto de plantas. En un primer momento lo asoció al mayor tamaño de la sala, pero luego observó que la puerta de entrada estaba abierta. Apenas un resquicio, pero suficiente para dejar entrar el aire gélido del exterior. Se acercó para cerrar la puerta, por la corriente y, también, pues no conocía a los habitantes de aquella localidad, para evitar posibles robos o altercados. Aquella entrada a medio abrir y la sala vacía eran una invitación a mendigos y rateros.

Entonces, cuando estaba apenas a unos pasos, la vio. Era una niña. Estaba de espaldas, mirando con fijación a la tormenta, a esa lluvia incómoda, punzante, que azotaba a una masa de niebla cuya tonalidad había variado del amarillo al azul. Vestía un conjunto de falda roja y rebeca azul marino, zapatos negros, calcetines blancos con ribetes alzados hasta los tobillos. De piel muy blanca y pelo moreno recogido en una coleta. Parecía no haber advertido la presencia de Roy, quien, al verla, sintió cómo se le ataba un nudo en la garganta. El frío no afectaba a la chiquilla, o esa sensación daba, parada en la entrada como una estatua, impasible ante la lluvia y las inclemencias de la noche. La imagen no le cuadró. ¿Qué pintaba allí una niña, sola, en mitad de la madrugada? Podría estar hospedada con sus padres, era lo lógico, pero ¿qué hacía despierta a esa hora, expuesta a la furia de la tormenta? Roy no tenía conciencia de ello, pero le temblaban las manos y el frío que lo recorría de arriba abajo, más allá de ser una consecuencia del adverso clima y del viento, provenía de aquella visión. Estuvo tentado de dar media vuelta, regresar a la habitación, cerrar a cal y canto y esperar a que amaneciera. O, mejor todavía, de subir, vestirse, coger la maleta y largarse de allí cuanto antes. Además, ya había dormido suficiente. El problema, no obstante, no era su condición física, pues seguía sin sentirse demasiado cansado; el problema era la tormenta y la poca visibilidad de la carretera derivada de ese espeso banco de niebla.

«Otra vez te estás comportando como un crío temeroso», se dijo. Roy Saunders era un tipo pragmático, un neoyorquino sin miedo a nada. Un empresario que se había hecho a sí mismo, a quien nadie le había regalado un solo penique y que, por desgracia, desconocía la fórmula para convertir el agua en vino. El agente literario no creía ni en fantasmas ni en Dios ni en nada que no pudiera ser explicado mediante la ciencia. ¿Entonces, por qué estaba tan asustado? Aquello no tenía ningún sentido. Tal vez a la muchacha le gustara observar la lluvia y, por eso, se había escapado de la habitación de sus padres, aprovechando que dormían. ¿Desde cuándo tenía miedo de una niña pequeña?

El agente literario tomó aire, puso una mano en el hombro derecho de la chiquilla y dijo:

—Creo que sería mejor que entrara, hace demasiado frío fuera.

Le resultó extraño tratar de usted a una niña de unos ocho o diez años, pero lo consideró adecuado por cuestiones de educación y las especiales circunstancias que rodeaban al encuentro. Al oír su voz y sentir su tacto, la muchacha se giró y afrontó la mirada temerosa de Roy. El agente comprobó su aspecto, ya de frente: rostro igual de pálido que las piernas, pecas en los pómulos, labios rosados, ojos verdes. Si era un fantasma, tenía un rostro angelical.

—Hola. No te he oído llegar. Siento si te he asustado o algo.

El tuteo lo animó a cambiar de registro. Las manos dejaron de temblarle y los escalofríos de cruzar su columna. En esos ojos verdes no había nada de sobrenatural.

—Tranquila, no lo has hecho. Sólo que, bueno, me ha sorprendido encontrarte aquí sola, de madrugada.

Roy invitó a entrar a la chica y cerró la puerta a su paso. El silbido del viento calló de golpe y la tormenta, un azote incontrolable hasta entonces, se achicó, quedando como una amenaza lejana, una guerra librada en un país distante. Tomaron asiento en los dos primeros peldaños de las escaleras.

—Soy la hija del dueño. Me llamo Sonia. Sonia Greene. Quizá haya oído hablar de mi padre, Howard. Es bastante famoso.

El agente se encogió de hombros. Nunca había escuchado aquel nombre antes, como se encargó de confirmar:

—La verdad es que no, no me suena. Mi nombre, por cierto, es Roy. Encantado.

Hizo un movimiento con la cabeza a modo de presentación y volvió a encogerse de hombros, como si el gesto justificara su ignorancia con respecto al padre. La niña sonrió con naturalidad, ignoró el curioso saludo y explicó:

—Fue jugador de béisbol a mediados de los años noventa. Jugó en las Grandes Ligas durante cuatro temporadas. Después, una lesión en la espalda lo obligó a retirarse.

Roy Saunders suspiró, giró la cabeza y se quedó mirando con fijeza las lámparas con forma de antorcha. A pesar de haber cerrado la puerta, la atmósfera era aún gelida y, si se escuchaba con atención, la tormenta, imperturbable, seguía agitando las ventanas de los pisos superiores. La niña, sin embargo, no parecía sentir el frío.

—Es raro que no lo conozca: acostumbro a ver muchos partidos de béisbol al año. A los Yankees de Nueva York, sobre todo. Aunque, para serte sincero, mi afición comenzó a finales de los noventa o principios de siglo, ya no lo recuerdo bien; quizá por eso no me suene el nombre de tu padre.

Fue ella quien se encogió de hombros esta vez.

—Ya, es probable. Además, sólo jugó cuatro años como profesional. Luego, ya retirado, se mudó a este pequeño pueblo, compró este hotel y nos quedamos a vivir aquí. Cuando todo eso pasó, yo era muy pequeña y apenas me acuerdo de nada. Mis recuerdos comienzan aquí, en el hotel. Cómo me colaba en la cocina para comer a escondidas los pasteles que hacía la señora Guillaume, nuestra cocinera francesa, o las largas tardes jugando al escondite con papá.

Dicho esto, la chica guardó silencio, pensativa. Remover el pasado, rememorar lo que ella consideraba tiempos mejores, a pesar de su corta edad, parecía haberle puesto nostálgica, triste. Sin embargo, descifrar la psicología de una niña no era el punto fuerte de Roy Saunders.

—De quien no me has hablado es de tu madre, ¿también vive con vosotros?

La chiquilla movió la cabeza, en gesto negativo.

—Se largó. Cuando mi padre tuvo que dejar el deporte y decidió que íbamos a mudarnos a Old Hills, no aguantó el estilo de vida y el bajón económico y se fue. Como te he dicho antes, yo era muy pequeña y apenas la recuerdo, pero eso me ha contado mi padre. Que era una lagarta, aunque no sé muy bien qué significa y nunca me he atrevido a preguntarle.

El agente sonrió. Con casos de mujeres que van en busca de dinero y, si éste escasea, se marchan, podrían escribirse varios libros. Él ha tenido que lidiar con algunas de estas chicas, a pesar de que no ser una estrella de cine o un deportista de élite, el tipo de presa más habitual de esta clase de *cazafortunas* modernas. Por respeto a Sonia, no obstante, decidió no insistir con el tema de la madre y sí hacerlo con respecto al famoso progenitor de la chiquilla.

—Como aficionado al béisbol, si no le importa y tiene tiempo, me gustaría conocer a tu padre.

—Mi papá no está ahora en el hotel. Está de viaje. Negocios —explicó ella, con la misma naturalidad con la que esbozaba sonrisas.

—Ya, lo entiendo. Entonces, ¿estás sola? —preguntó Roy, sorprendido.

Otra negación.

—Claro que no. Me cuidan el señor Atwood y la señorita Guillaume, de la que ya te he hablado. Ellos viven aquí, con nosotros. A mister Atwood creo que ya lo has conocido: es quien dirige la recepción del hotel.

—Sí, nos hemos visto antes, a mi llegada. Vestía una curiosa camisa hawaiana, por cierto.

La niña sonrió, divertida.

—Así es él. Le gusta pensar que, a pesar del frío y la tormenta, estamos en el caribe. En una isla en mitad del océano. Es su fantasía. Está un poco loco el señor Atwood, pero es muy divertido.

De la locura del señor Atwood, el agente literario no tenía ninguna duda. Un sólo vistazo a su aspecto era suficiente para darse cuenta de que algo fallaba en aquel veterano recepcionista. De hecho, los habitantes del edificio no entraban dentro de la definición habitual de personas normales. El dueño era un retirado jugador de béisbol que había decidido comprar un hotel en un pueblo situado a medio camino de ninguna parte. A su hija, de madre prófuga, le gustaba observar la tormenta en mitad de la madrugada; en falda y abrigada con sólo una rebeca. Tenían, además, un recepcionista entrado en años que se creía que estaba en una isla del caribe. Habría que conocer también a la cocinera francesa y al resto de los empleados del establecimiento. Roy estaba seguro de que todos, del primero al último, iban a resultar de lo más pintoresco.

—Creo que es un buen momento para volver a la cama. Ha sido divertido hablar contigo. ¡Qué descanses! —exclamó Sonia de repente, justo antes de levantarse de un salto y desaparecer escaleras arriba.

Roy la siguió con la mirada y agudizó el oído. Calculó que se había quedado en el segundo piso, en una de las habitaciones situadas al final del pasillo. De haberlo sabido, también él hubiera elegido una de las dos primeras plantas, ambas sin espejo al final del corredor, pero su deseó de soledad le había jugado una mala pasada y ahora le tocaba enfrentarse al espejo, a su *yo* del otro lado.

8

Era un edificio antiguo, ruinoso. Repartidas por lo que en otra época era el salón inferior de un edificio destinado a oficinas, algunas lámparas de aceite se afanaban en combatir a las tinieblas. La iluminación era tenue, aunque suficiente: permitía a un muchacho pelirrojo, pecoso y bastante delgado moverse por la sala. A su espalda, colgando de un cordel atado a su cuello, llevaba una máscara de caballo. Vestía camisa a cuadros negros y rojos, vaqueros, zapatillas deportivas. Debía de rondar la veintena, pero sin alcanzarla. Un adolescente. Chisporroteo de llamas, timbres electrónicos y rachas de viento perezoso componían la banda sonora del lugar.

El techo del edificio estaba agujereado, a medio derruir. Por los huecos abiertos por el deterioro y el abandono se colaban los resquicios de una noche eterna, con un cielo gris, contaminado, radioactivo. Allí no había estrellas ni sol ni luna. Sólo esa masa esponjosa, grisácea y amenazante que en un tiempo lejano fue un hermoso firmamento azul. Ya no quedaba nada de aquello. Por eso la piel del chico estaba amarillenta y salpicada de pequeños cánceres en forma de minúsculas manchas, apenas visibles. La radiación, pese a que no era demasiado alta ni, por lo tanto, mortal, sí que dejaba secuelas en aquellos que se atrevían a salir de El Hoyo hasta la superficie. Eran sólo unos pocos. La mayor parte de la población se contentaba con llevar una vida austera, escondida en estaciones de metro, sótanos de casas, alcantarillas… Cualquier lugar apartado de la superficie era un buen refugio. Los más arriesgados, incluso se habían atrevido a aclimatar ciertos edificios, sellando ventanas y arreglando cualquier desperfecto en las estructuras que permitiera entrar a aquella luz radioactiva.

A los pies del chico, tres hombres que parecían, si uno no se fijaba en los pequeños detalles —manchas de la piel, lunares, la inclinación de la nariz, la altura de las orejas—, el mismo individuo. Eran casi idénticos. Como si hubieran sido creados en un molde en vez de por el proceso habitual de reproducción humana. Llevaban lentillas de color naranja, que se comunicaban, mediante una tecnología que ni el chico ni ningún otro de los Despiertos conocía, a un ordenador portátil que permitía la entrada y salida en las diferentes realidades *preprogramadas* en el sistema. Quedaban apenas tres minutos antes de que los sacara del *hipersueño* y los trajera de vuelta. El muchacho estaba nervioso: daba pasos cortos, yendo de un lado a otro sin sentido, comprobando una y otra vez que todo fuera como debía ir, controlando una y mil veces las constantes vitales de los tres hombres, del trio de soñadores que deambulaban por realidades distintas en busca de la Anciana de los Gatos, de la que llevaban demasiado tiempo sin recibir noticias ni tener constancia de su paradero.

—Cincuenta segundos para regresar del estado de *hipersueño* —anunció el ordenador portátil con una robótica voz de mujer.

El muchacho sudaba, nervioso. Aunque lo había hecho en infinidad de ocasiones, cada vez que le tocaba enfrentarse a la cuenta regresiva, se le aceleraba el pulso. Pensamientos funestos cruzaban su mente. Cuestiones relativas, sobre todo, a qué pasaría si no regresaban, si no volvían a despertar. Desde que encontraron los instrumentos necesarios para provocar el *hipersueño*, usaban el sistema casi por intuición, como el niño que aprende a leer por repetición. Mediante un método de ensayo y error que se cobró varias víctimas: probaron y probaron hasta que acertaron con la configuración adecuada. Por el camino perdieron una docena de hombres, que valientemente se habían ofrecido voluntarios para ayudar en las investigaciones. Hoy, sus nombres estaban grabados a cuchillo en la fachada de acceso a El Hoyo. Fue el peaje necesario que tuvieron que pagar. Ninguno de los que regresaron —los pocos que lograron salvarse, de hecho— del *hipersueño* original tenía los conocimientos necesarios para continuar ejecutando el programa. En realidad, más allá de los ingenieros de la empresa Tyrell, la marca que comercializó el sistema, nadie conocía su funcionamiento. Los hombres, mujeres y niños que decidieron conectarse en su momento, antes de que todo acabara en desastre, lo hicieron en completo desconocimiento de cómo funcionaba aquel invento que les prometía la vida que ellos quisieran, sin limitaciones de ningún tipo. Por supuesto, no intuyeron los peligros ni la amenaza que el *hipersueño* conllevaba, una amenaza que estuvo a punto de acabar con la raza humana.

—Tres, dos, uno… Sesión finalizada. Repito: sesión finalizada.

Unos segundos más tarde, los hombres comenzaron a moverse, tosieron, se arrancaron las lentillas y se incorporaron. Respiraban agitados, como si acabaran de correr una maratón. Tenían mal aspecto. Delgados, sin afeitar, con el pelo sucio, desgreñado.

—¿Habéis tenido suerte?

Los tres se miraron, esperanzados. Sin embargo, cuando entendieron que habían fracasado, negaron con la cabeza, casi al mismo tiempo.

—Ni rastro de ella. No sabemos dónde puede estar ni por qué lleva tanto tiempo sin contactar con nosotros. Empieza a preocuparme. Espero que no la hayan encontrado —dijo uno de los hombres, que se diferenciaba del resto por un tatuaje en el antebrazo derecho, un dibujo que representaba a un grupo de planetas, con el anillado Saturno entre ellos.

El adolescente de la cabeza de caballo tragó saliva, incapaz de calibrar las consecuencias de que la niña o alguno de sus secuaces hubiera dado con el paradero de la Anciana de los Gatos. Quería creer que era imposible, que la vieja era demasiado lista para dejarse atrapar, pero sus conocimientos en informática y electrónica eran demasiado limitados como para establecer las posibilidades reales de que uno de los principales organismos de control del sistema fuera capaz de encontrar a la anciana. Si lo hacía, estaban perdidos.

—Volveremos a intentarlo mañana —dijo otro de los hombres.

—Todos los días, si es necesario —corroboró el del tatuaje.

—Eso podría ser peligroso… —advirtió el chico, pero su comentario fue ignorado.

Los tres hombres se habían levantado ya, quitado las vías y entregado las lentillas al muchacho, que las guardó en un bote de cristal lleno de un líquido desconocido que ayudaba a conservarlas en perfecto estado. Así las habían encontrado y, desde entonces, al comprobar que el conservante funcionaba, cada vez que terminaban con una sesión, las depositaban en el mismo recipiente. Sin lentillas, el *hipersueño* era imposible. Los siguientes pasos del chico fueron apagar el portátil, conectar el botón de *autoregeneración* de la batería y, junto al resto del grupo, abandonar el ruinoso edificio de la empresa Tyrell para dirigirse hacia El Hoyo, una estación de metro que se había mantenido, pese al deterioro provocado por el abandono y el paso del tiempo, en muy buen estado.

9

El cielo era un tapiz tejido con tinieblas. Parecía un agujero negro que hubiera absorbido hasta la última partícula de luz del universo. Una alfombra sin cortes, donde ningún astro celeste se atrevía a intervenir. Allí sólo había oscuridad. Pegajosa, hiriente. Roy abrió los ojos, confuso. Se quedó mirando al firmamento con incredulidad, sin saber dónde se encontraba ni cómo había llegado hasta allí. Estaba tumbado. No sentía dolor o cansancio. Estaba en paz consigo mismo. Alrededor reinaba el silencio, la calma. No entendía qué ocurría. Se incorporó un poco, quedando sentado, miró al frente. Un erial infinito de arena azulada se extendía por los diferentes puntos cardinales. No había viento, pero, aun así, la arena se movía, bamboleante, formando un curioso oleaje.

Roy Saunders se levantó y comenzó a caminar. Apenas sentía su cuerpo, volátil, como si estuviera compuesto de aire. Avanzó despacio: a pesar de esa liviandad, sus pasos eran, sin embargo, lentos, pesados, por culpa de aquella marea azul que se apoderaba de cada rincón. Se dio cuenta de que estaba descalzo. Vestía el pijama habitual, con el que se había metido en la cama, pero no llevaba zapatos. Se alegró de que así fuera. Un par tan caro se estropearía con facilidad entre semejante cantidad de tierra. Anduvo durante horas, o lo que le parecieron horas, por un paisaje que no variaba en absoluto. Era siempre lo mismo. Desierto y un cielo oscuro color azabache.

A lo lejos se intuía el horizonte, una mezcla heterogénea de los dos colores predominantes en aquel extraño universo. No hacía calor ni frío, como si la temperatura no existiese o, al menos, no afectara a Roy, quien estaba ausente, sorprendido y confuso ante aquel despertar en un mundo tan diferente. En aquella realidad transgresora. Se preguntaba sin cesar dónde podía estar, pero la sensación de paz que percibía, la calma de aquel desierto, aletargaba sus sentidos, su capacidad de raciocinio; apagaba su humana capacidad de dudar. De todo y de todos. De lo que estaba aquí y de lo que estaba allá. De lo que se veía y de lo que no se veía. Eso, allí, en aquel lugar, no importaba. No importaba en absoluto. El cielo era demasiado hermoso, la arena en exceso brillante y, tan azul, que preocuparse carecía de sentido. ¿Qué podían importar los azares de la existencia en aquel sitio? Nada. El agente literario había desecho de la carga de preocupaciones desde hacía mucho rato. Caminaba por inercia, porque, en realidad, no había otra opción, una alternativa distinta a seguir andando hasta llegar a un punto, a una salida o, simplemente, hasta desfallecer. En vez de alcanzar la presa, fue Roy quien se convirtió en animal cazado. De las profundidades del desierto, enterrado bajo sus dunas hasta entonces, surgió de repente una figura humana, que, tras desperezarse y deshacerse de la arena que lo recubría, quedó plantada ante Roy. Era un hombre atractivo, bien arreglado. De espalda ancha, musculoso. Tenía el pelo corto, peinado con pulcritud, los ojos naranjas, felinos. Iba muy bien afeitado, con un rasurado perfecto. Vestía camiseta blanca, impoluta, vaqueros y, como Roy, iba descalzo. Aquellos detalles, sobre todo el hecho de que hubiera surgido un tipo elegante desde las profundidades de la tierra, no importaron ni molestaron al agente literario, demasiado embobado como para reaccionar y preguntarse qué sentido podía tener la situación, el inesperado encuentro. En el antebrazo derecho, a la altura de la muñeca, el hombre lucía un tatuaje que representaba a un grupo de planetas en línea, Saturno entre ellos, reconocible por sus anillos. La aparición miraba con fijeza a Roy Saunders. Alrededor de su cuerpo revoloteaba un ejército de mariposas de color púrpura. Volaban sin aparente orden ni concierto, pero, si uno se fijaba bien, se daba cuenta de que nunca se alejaban demasiado de aquel hombre arrancado de las fauces del desierto.

—Bienvenido, Roy. Es un placer tenerte por aquí.

El agente literario cerró los ojos, tragó saliva, buscó las palabras en su interior, removió su adormilada conciencia y, cuando hubo recuperado su individualidad, preguntó:

—Aquí, ¿dónde?

Estaba aturdido todavía, pero el encuentro con aquel extraño ser le había devuelto el control sobre sus facultades.

—¿Dónde? Ésa es una pregunta absurda, Roy. Tú sabes muy bien dónde estamos. Mira a tu alrededor. ¿No reconoces el paisaje? Tú ya has estado aquí otras veces.

El agente literario abrió mucho los ojos, oteó el terreno: el desierto, el cielo, las mariposas. Estudió al hombre, quien sonreía con tranquilidad, apoyado en una boca de dientes muy blancos.

—Jamás había estado en un desierto de arenas azuladas. Ni en éste ni en ningún otro. No te conozco ni sé dónde estoy. Tampoco tengo ni idea de cómo he llegado hasta aquí.

La sonrisa del tipo se ensanchó y tornó siniestra. Su mera contemplación helaba la sangre. Algunas mariposas se habían posado en el brazo del hombre, sobre el tatuaje de los planetas.

—Por supuesto que lo sabes. Lo sabes muy bien, Roy. Aún no lo recuerdas, pero todo está en tu interior. Demasiado lejos, según veo, pero dentro de ti a fin de cuentas. Sólo tienes que recordar y, cuando lo hagas, la verdad se mostrará ante ti en todo su esplendor.

—No tengo ni idea sobre qué estás hablando —afirmó Roy, nervioso.

El hombre cogió una mariposa de las tres que estaban quietas en su antebrazo, la colocó sobre la palma abierta de su mano derecha y, después de contemplarla con atención y admiración durante unos instantes, cerró el puño, aplastando al insecto. Para sorpresa de Roy, cuando sus dedos se destensaron y la mano estuvo otra vez abierta, no vio los restos de la malograda mariposa, sino un puñado de arena, que el tipo dejó caer despacio. La tierra se unió al desierto, mezclándose y conformando un único cuerpo.

—Polvo somos y en polvo nos convertiremos —dijo el extraño hombre cuando su mano estuvo limpia.

Roy asistió al espectáculo con atención, quedando anonadado ante el inesperado desenlace.

—¿Cómo has hecho eso? —quiso saber.

La risa. Otra vez la maldita sonrisa.

—Es un truco. Uno muy simple. Tú también podrías hacerlo si quisieras. Antes, eso sí, deberías aceptar una serie de reglas. Hay muchas, muchísimas. Pero, quizá, podríamos resumirlas y quedarnos en una sola, en la más importante de todas: nada de cuanto ven tus ojos, oyen tus oídos o tocan tus manos es real. No hay estrellas de papel ni bosque. Tampoco rey o niña.

Cada vez más intrigado y con la mente más despierta, Roy se formuló varias cuestiones a sí mismo y trató de entender qué estaba ocurriendo allí. Lo último que recordaba era su encuentro con Sonia y la conversación que habían mantenido. Después había un vacío en su memoria, un segmento de oscuridad. Ya en el terreno de las conjeturas, Roy se dijo que lo más probable era que hubiese vuelto a la habitación para dormir unas cuantas horas antes de reanudar su viaje a Maine. Por lo tanto, el desierto y el hombre capaz de transformar mariposas en arena no eran reales: y no lo eran porque formaban parte de un sueño.

—Claro que nada es real. Ni tú ni el desierto lo sois. Todo forma parte de un sueño. De mi pesadilla —explicó el agente literario, convencido de la validez de su argumento.

La risa del aquel extraño ser se convirtió, de súbito, en carcajada. Aquel sonido fuerte y lacerante se extendió por el desierto en todas direcciones, agitó el arenoso oleaje, barrió la arena e hizo crujir el cielo. En la lejanía se dibujó un relámpago de fuego, que rasgó el horizonte de arriba abajo e hizo estremecer a Roy.

—¿Un sueño? Por supuesto. Todos formamos parte de un sueño. De un sueño enorme, conjunto, compuesto por mil y una realidades distintas. El sueño de un hombre que jugó a ser Dios y fracasó con estrépito. Yo formo parte de tu sueño y tú, Roy, del mío. También las mariposas o el efímero relámpago. Despertar o seguir dormido sólo depende de ti. Es tu decisión. Como te he dicho antes, la respuesta está en tu interior: has de buscarla y encontrarla. Lo harás, estoy seguro de ello. Sólo necesitas tiempo.

Las palabras carecían de sentido para el agente literario. Aquel galimatías sobre sueños y realidades. ¿Qué tenía que ver él con todo aquello? Estaba dormido, lo sabía. Necesitaba encontrar la forma de escapar de allí y la única manera posible era despertándose, pero ¿cómo hacerlo?

—No existes. Tampoco el cielo o la tierra. Estáis dentro de mi cabeza, de mi imaginación.

—Ni bosque ni rey ni niña —apuntilló el hombre.

Roy cerró los ojos, ignoró el comentario y se concentró en la idea de que nada de todo aquello existía. Deseó con todas sus fuerzas despertar. Cuando abrió los ojos de nuevo, el ser comenzó a deshacerse, en comunión con las mariposas. La materia, la carne, hasta ese momento sólida, se convirtió en tierra, en miles de granos que, agitados por aquel viento inexistente que removía las arenas del desierto, voló por el aire y se perdió en la distancia. Después fue el turno de aquel universo onírico, que se expandió y contrajo en cuestión de segundos, lanzándose, convertidos cielo y desierto en una bola del tamaño de un guisante, contra el estómago de Roy, quien encajó el golpe y cayó de espaldas. Luego, todo se volvió negro.

El techo blanco apareció frente a sus ojos. Sudaba: notaba la ropa pegada a la piel, el pelo empapado. Roy Saunders miró a su alrededor, suspiró y se tranquilizó al comprobar que estaba en la habitación del hotel Old Hills. Acto seguido se incorporó, hizo crujir el cuello, se limpió el sudor del rostro ayudado por la colcha y se frotó los ojos, irritados debido a las gotas ácidas que se habían resbalado desde la frente. Convencido ya de que acababa de sufrir una horrible pesadilla, se levantó y estiró piernas y brazos. Seguía teniendo sed, por lo que decidió ir al baño a ver si esta vez tenía más suerte, pero justo antes de cruzar la puerta, su mirada se posó en el reloj-despertador del cuarto. En cuestión de segundos pasó de la calma a sentir un pinchazo en el pecho. Aquello no tenía sentido. Observó el reloj otra vez y, de nuevo, vio que marcaba las tres y media de la madrugada. «¿Cómo es posible?», se preguntó. La última vez que había despertado, el aparato indicaba justo una hora más tarde. Algo iba mal. Hasta donde él sabía, el tiempo no podía ir hacia atrás. Parado bajo el tranco de la puerta del lavabo, con la mirada fija en el despertador, con un millón de preguntas y temores amontonándose en su mente, Roy escuchó un grito de mujer proveniente de la planta baja y su corazón, agitado ante lo extraño de la situación, se congeló durante los segundos que el desgarrado lamento duró.

10

Sintió miedo, pánico. Sus convicciones se resquebrajaron y su confianza en la ciencia y el pragmatismo saltó por los aires, como una casa de paja ante la arremetida de un huracán. La pesadilla, el encuentro con el extraño ser, la afición de Sonia a observar la tormenta en mitad de la noche, el retroceso del tiempo... Demasiadas razones como para no caer en la duda. «¿Qué demonios ocurre aquí?», se preguntó. Roy Saunders no sabía cómo reaccionar. Un grito como aquel, de dolor, de agonía, portaba inherente una petición de auxilio. ¿Por qué entonces no bajaba y se dedicaba a echar una mano? Sabía primeros auxilios, podía ser útil. La lógica le decía que lo más probable era que alguien se hubiera caído escaleras abajo o, simplemente, dado un golpe contra, por ejemplo, la mesa de recepción. Algún tipo de incidencia semejante. No había escuchado alboroto ni el estruendo que una caída provocaría, pero, quizá, si se había producido en el último trayecto de escalera, existía la posibilidad de que no se hubiera enterado. Además, Roy acababa de recuperar la conciencia tras un sueño de lo más agitado. ¿A qué esperaba entonces? Se debatía entre el sentido del deber y el temor que sentía. Entre lo que estaba bien y el egoísmo personal. También era cierto que no había vuelto a producirse el grito. Entonces, ¿debía actuar o debía mantenerse al margen? En aquel hotel pasaba algo extraño, eso estaba claro. Como no creía en brujerías, encantamientos o fantasmas, Roy Saunders suponía que todo tenía una explicación racional, pero aquel lugar tan alejado, tan silencioso, tan vacío y, al mismo tiempo, tan lleno de personajes extraños, se alejaba de lo convencional. De lo que estaba acostumbrado a ver.

Dio dos pasos al frente, se plantó en mitad de la habitación: el despertador marcaba ya las tres y treinta y tres minutos. El tiempo se iba con su habitual indiferencia y el agente literario seguía sin reaccionar. Estaba, como en el sueño, descalzo; también vestía el mismo pijama y sentía idéntica apatía. «Vamos, joder, mueve el culo», se decía, pero le pesaban las piernas, notaba el pecho encogido y tenía los dedos de los pies agarrotados. Moverse era un suplicio, una tortura, pero, aun así, decidió actuar. El ser humano, en una zona inaccesible de su memoria, en una esquina de esa alma que ha de esconderse en algún lugar, guarda una pizca de bondad, de afecto por sus semejantes. En tiempos prehistóricos, esa cualidad nos obligaba a vivir en sociedad, a compartir los sufrimientos de un mundo duro, cruel. Una vez dominado el entorno, los hombres siguieron juntos, como unidad social. Matándose entre ellos, pero, también, ayudándose y salvando, en muchos casos, vidas ajenas, bien por valentía, profesión o devoción. El ser humano era excepcional en muchos sentidos, como era, asimismo, terrible en muchos otros.

Roy Saunders, no obstante, desechó los pensamientos negativos, aparcó los miedos a un lado, e hizo caso a esa solidaridad ancestral: echó a correr en busca de la apurada dama. Fuera de la habitación, el espejo lo recibió con impaciencia, con una imagen de sí mismo que, por un instante, en una mirada fugaz mientras recorría a toda velocidad el pasillo, a Roy le pareció que sonreía. Bajó tramos de escaleras a saltos. Descendió los tres pisos y llegó hasta la sala de recepción, donde se encontró con una estampa inesperada. Ahora no había desierto ni un cielo descuajado de estrellas. Tampoco hall, escritorio o puerta de salida. La sala carecía de ornamentación, el suelo era de madera azul. Tan azul como la arena de aquel desierto onírico. En mitad de la estancia, sentada en una silla que, a su vez, se apoyaba en un equilibrio imposible en otras tres sillas, descansaba una anciana de luto, con sombrero, paraguas y velo negro que sólo dejaba ver una boca rodeada de arrugas, pintada sin esmero en un rojo intenso, color amapola. A los pies de la hilera de sillas, decenas de bombillas apagadas. Un poco más lejos, un hombre muy bien vestido, con traje, camisa blanca, corbata y zapatos caros —el agente literario sabía reconocerlos muy bien—acariciaba a un gato negro. El felino se dejaba tocar y ronroneaba agradecido, obviando un detalle muy importante y que dejó en shock a Roy: donde debía estar la cabeza, no había nada. Un hombre decapitado acariciaba a un gato negro en una sala que nada tenía que ver con la que Roy había conocido a su llegada al hotel.

Retrocedió unos pasos, subió unos peldaños y observó, boquiabierto, aterrorizado y, sobre todo, confuso, la nueva situación a la que se enfrentaba. «¿Estaré soñando otra vez?», se cuestionó. Parecía lo más lógico, la explicación más plausible de todo aquello. Pero ¿acaso era eso posible? Despertar de un sueño en otro. A Roy Saunders nunca le había ocurrido y no tenía constancia de que fuera factible. Tampoco conocía a nadie a quien le hubiera sucedido algo semejante, aunque, a decir verdad, poca gente se atrevería a hablar sobre algo así. En la mayor parte de los casos, el narrador quedaría como un demente. Sueños dentro de otros sueños. Nadie quería parecer un loco delante de los demás y un testimonio así se asociaría con rapidez a la demencia.

Como si quisiera añadir mayor surrealismo a la ya de por sí indescriptible situación, el hombre sin cabeza, de pronto, se desabrochó el nudo de la corbata y, como si dejara escapar un eructo, dos cuervos salieron por entre el cuello de su camisa, por donde debía estar la garganta —que en realidad no existía— y volaron aturdidos por la sala hasta que, por fin, encontraron la forma de huir y se perdieron escaleras arriba. El decapitado, quizá liberado de una pesada carga, se anudó otra vez la corbata y recuperó su atención en el gato como si nada hubiera ocurrido. El agente literario continuó observando la escena desde su posición en la retaguardia, sin atreverse a intervenir. Sentía cómo su cuerpo, de la cabeza a los pies, estaba en tensión. La anciana parecía mirarlo desde las alturas, desde aquella torre imposible. Calzaba medias negras, tenía las piernas cruzadas. Tarareaba una canción en un tono muy bajo. Tan bajo, que Roy era incapaz de reconocer la melodía.

—Acérquese, joven —dijo la mujer con palabras renqueantes que parecían no tener ganas de cruzar sus labios.

El agente se mantuvo en su posición, dubitativo.

—Vamos, no tenga miedo de una pobre viuda en vísperas de la senectud.

Aunque los ojos estaban cubiertos por el sombrero y el velo, Roy supo que la anciana lo estaba mirando con atención. Lo intuyó y percibió con claridad. Lo estudiaba por dentro y por fuera. Como hipnotizado por aquella voz perezosa, Roy descendió los dos peldaños y se acercó hacia la hilera de sillas mientras esquivaba las bombillas esparcidas por los alrededores.

—¿Ha estado alguna vez en el bosque, joven? Hace un rato, el sapo ha dado paso a otro periodo de entre lunas y a mí, cuando eso pasa, me duelen las rodillas.

El agente hizo un gesto con la cabeza diciendo que no.

—Oh, pensé que venía usted de allí. Que había estado en el bosque y que había vencido a su rey y su molesta manía de poner pruebas a los viajeros perdidos. Tres pruebas, si mal no recuerdo. —Recapacitó un segundo, chasqueó los dedos, continuó—: Es una lástima, porque de haber estado allí, podría haber conocido a mi nieta. Le encantan los ositos de goma, aunque yo siempre le digo que son muy malos para los dientes.

El discurso de la mujer era absurdo, ridículo. ¿El bosque, qué bosque? ¿Sería el mismo del que renegaba el ser de arena?

—Lo siento, pero no. He estado en muchos bosques, pero, si mal no recuerdo, nunca me crucé con un rey en ninguno de ellos ni, tampoco, con una chica a la que le gustaran los ositos de goma. O, si lo hice, ella no me dijo nada al respecto —respondió Roy, sorprendido por la entereza de sus palabras y por la ligera ironía que contenían.

—Mi nieta lo hubiera hecho, se lo aseguro. Ella está obsesionada con ellos. Si se la hubiera cruzado, lo sabría. Ella espera siempre en un banco de madera situado en el sendero de Orfeo, un poco antes de llegar al bosque.

La anciana se movió, agitada, en su trono de sillas en equilibrio, cambió de posición las piernas, poniendo la izquierda sobre la derecha.

—Ahora que lo menciona, nunca he visto el bosque del que habla, pero sí he estado en un desierto de arenas azuladas —soltó de súbito Roy—. Era un erial de tierra azul, cosa que no había visto nunca, con un cielo negro como el carbón.

La mujer cabeceó en señal de aquiescencia, dijo:

—Bueno, supongo que el paisaje es distinto para cada uno. Para algunos es un bosque, para otros un país entero, con ciudades de papel y caminos de hielo, para usted, joven, parece que es un desierto. No lo sé, para mí siempre fue este hotel. Esta sala de espera sin gente que espere. Encontré el lugar donde el sueño precede al despertar y, tras mirar más allá, como verá, decidí quedarme. No me interesa el mundo de allí fuera. La Verdad, como lo llaman algunos. Prefiero seguir los designios del Creador, someterme a su voluntad. Al final, ¿no es eso lo que hacemos todos? No me importa cómo lo llamemos, si Dios, Viajero de las Estrellas o fuerza cósmica, en el fondo es lo mismo. Una entidad superior, abstracta, que nos domina a cambio de un efímero deseo de felicidad, de vacuas promesas de una vida más allá de la muerte cuando, en realidad, no existe como tal: son sólo realidades diferentes. Depende de cada uno elegir cómo quiere vivir y dónde.

—No le entiendo —admite Roy.

La mujer de luto sonrió y se acomodó en la silla, que se balanceó peligrosamente en el aire, pero sin perder el equilibrio.

—Eso es porque es usted muy joven, muy testarudo o, tal vez, ambas cosas. Tiene que mirar el mundo desde otra perspectiva, joven. Buscar a la mujer de los gatos, conseguir su figura de papel y cruzar al otro lado del espejo. Abrir los ojos y ver. O, como yo, quedarse para siempre en este mundo. Una existencia tan real como cualquier otra.

—¿Quiere eso decir que estoy soñando? Si le soy sincero, sospecho que todo esto forma parte de un sueño, de mi imaginación. De una pesadilla que dio paso a otra. Ambas muy vívidas, tangibles, pero fantasías oníricas, a fin de cuentas. Ahora, en realidad, estoy arriba, tumbado en mi cama, con los ojos cerrados. Este hotel dentro del hotel no existe. Tampoco usted ni el hombre decapitado. Sois otra paranoia más.

Otra negación.

—Está equivocado, joven. Usted está aquí, ahora mismo, hablando conmigo. En eso, creo, estaremos de acuerdo. No hay discusión posible. Si está en un sueño, en una pesadilla, en una realidad distinta o en una capa de un sueño que, a su vez, pertenece a otro, es algo que le corresponde juzgar a usted y sólo a usted. Cada uno de nosotros tiene sus propias respuestas. Es cosa suya buscarlas, encontrarlas y decidir entre cuáles aceptar y cuáles no.

La sentencia le recordó a Roy el discurso pronunciado por el ser de arena.

—El hombre del desierto me dijo algo parecido —aseguró—. Que buscara en mi interior, pues allí estaban las respuestas a mis preocupaciones y, también, a las dudas que me atormentan la razón.

—Estaba en lo cierto. Sólo usted está capacitado para tomar una decisión y determinar qué busca y quiere.

—De momento, salir de aquí. Despertar. Quiero superar el estado onírico. Necesito vencerla a usted, al hombre decapitado, pero no sé cómo hacerlo.

El tipo sin cabeza, al ser mencionado, amagó con levantarse, pero cambió de idea muy rápido y continuó sentado, acariciando al gato. La mujer de luto varió otra vez la posición de las piernas.

—En ese caso, déjese caer sobre las bombillas. Despertará. ¿Dónde? Bueno, eso es complicado saberlo. Aquí, allá. En una realidad o en otra. Quién sabe. —Se encogió de hombros—. Al menos, si eso es lo que en verdad desea, logrará escapar de nosotros. —Guardó un silencio, dijo—: Aunque le advierto de que no todos los habitantes de éste y otros mundos son tan inofensivos y tan amables como nosotros.

Roy Saunders miró con atención a la mujer de luto unos segundos, preguntándose si debía confiar en ella. Escapar del desierto fue sencillo, sólo tuvo que desearlo. Aquí, sin embargo, tenía que lanzarse contra bombillas de cristal que estaban esparcidas sin motivo y de manera aleatoria por el suelo de la sala. Decidió hacerlo. En el fondo no había gran cosa que perder y no temía al dolor físico: daba por hecho que todo formaba parte de un sueño, de su imaginación. Sin despedidas ni ceremonias, el agente literario se dejó caer sobre una zona donde había varias bombillas.

Tras el choque, todo se volvió negro. Una vez más.

11

Abrió los ojos y miró a su alrededor. Volvía a estar en su habitación, en la trescientos treinta y tres del hotel Old Hills. Comprobó el despertador y, aliviado, observó que marcaba las cuatro y cincuenta y seis minutos de la madrugada. Apoyó la cara contra la almohada, expulsó una bocanada de aire y dejó de respirar un instante, el tiempo suficiente para tranquilizarse. Luego se levantó de un salto, revitalizado, fue al baño, accionó el grifo que, como ya intuía, expulsó un agua fresca y clara. Bebió directamente, inclinándose sobre la pila y poniendo la boca bajo el chorro. Una vez estuvo satisfecho, regresó al cuarto, se desnudó y sacó ropa limpia de la maleta, que estiró y colocó sobre la cama. Había decidido que ya era hora de abandonar aquel hotel de mala muerte donde no dejaba de soñar con seres y lugares extraños. Antes, comprobó que no tuviera ninguna secuela física —a pesar de su convicción de que todo formaba parte de su paranoia, la realidad es que acababa de lanzarse contra un conjunto de bombillas de cristal— y, cuando se hubo cerciorado de que estaba en perfecto estado, sin heridas ni marcas de ningún tipo, se dio una ducha, guardó el pijama en una esquina de la maleta, la cerró, se vistió, se abrigó con la cazadora y dejó atrás la sala. Ya en el pasillo, se encontró con una figura inesperada: al fondo, cerca del principio de las escaleras, estaba Sonia con una sonrisa dibujada en el rostro y el mismo vestido rojo de antes. Al verla allí plantada, Roy se llevó un susto de muerte, pero cuando la niña lo saludó con un gesto en el aire, sus miedos se esfumaron. El agente literario devolvió el saludo y, maleta en mano, se acercó a ella.

—¿Qué haces aquí? —quiso saber.

Ella se encogió de hombros y dijo:

—Paseaba. Aún no tengo sueño y, a veces, cuando me pasa eso, subo y bajo escaleras, así me canso y luego me cuesta menos dormir.

—Es bastante inteligente. Eres una chica muy lista, Sonia.

La chiquilla sonrió y ambos, agarrados de la mano, afrontaron el tramo de escaleras. A sus espaldas, el espejo reflejaba a Roy, con su escasez de pelo en la coronilla y el abrigo gris. También a Sonia, pero no a la misma Sonia que bajaba junto al agente literario: el reflejo mostraba a una niña de la misma altura y edad, pero de pelo muy moreno recogido en una coleta y labios azules. Su vestido, al contrario que el de la hija del retirado jugador de béisbol, era negro y tenía volantes. Roy Saunders, debido al pánico que sentía por el espejo, no se giró para mirar y, por lo tanto, no se percató de tan impactante imagen.

—¿Te marchas? —preguntó Sonia con el gesto torcido, incrédula.

Roy Saunders asintió.

—Sí, ya he descansado lo suficiente y, además, la mejor hora para hacer un viaje en coche es al amanecer. Por aquello de que hay menos tráfico.

Seguían descendiendo escaleras, dejando atrás los pisos repletos de vacías y silenciosas habitaciones que componían el hotel Old Hills. La tormenta se había acallado y unos tibios y aún perezosos rayos de sol se colaban por las ventanas.

—Ya, mi padre dice lo mismo. Por cierto, si ha usado usted el mueble bar, ya sabe que cualquier refresco o licor que haya tomado tiene que pagarlo —dijo la niña, eficiente, una empleada más del hotel, aunque no mediara un contrato de por medio—. Si lo ha hecho, sólo tendrá que esperar cinco minutos, lo que tardo en ir a despertar al señor Atwood.

—Tranquila: no lo he usado. Además, en caso de que lo hubiera hecho, tienen mis datos personales y bancarios: pagué con tarjeta.

La chiquilla pareció tranquilizarse, eximida de sus obligaciones como celadora y serena del recepcionista, quien, lo más probable, tuviera un despertar brusco, malhumorado. Si pensaba que estaba en una isla paradisíaca, cada vez que la realidad lo golpeara de bruces, al menos en un primer momento, tenía que minarle la moral. Llegaron hasta el hall y, cuando Roy Saunders enfilaba ya la puerta de salida, la niña lo detuvo colocándole una mano sobre el pecho y se adelantó unos pasos, quedando frente a la salida. Sonrío con más fuerza, con tirantez, con tanto entusiasmo que parecía que las comisuras de sus labios fueran a rajarse. El agente literario tragó saliva nervioso, aun sin haber motivo aparente. Quizá sólo quería despedirse, aunque una voz interior le decía que no era así.

—Me temo, mister Saunders, que usted no dispone del privilegio de abandonar el Hotel Delfín.

Al oír el nombre, al agente literario le fallaron las rodillas y a punto estuvo de caer. Lo que sí soltó fue la maleta, que al golpear contra el suelo se abrió: unos calcetines sucios hechos una pelota rodaron por el suelo.

—¿El… El Hotel Delfín?

La niña asintió y, sin dejar de sonreír, chasqueó los dedos. La luz se fue, las tinieblas cayeron: lo único que se apreciaba entre aquella oscuridad agobiante era la blanca dentadura de Sonia. Después chasqueó otra vez los dedos y el hall se trasformó en una estación de metro. Una estación sencilla, sin lujo, envejecida por el paso del tiempo. Las paredes eran de estropeadas baldosas de color azul, el suelo de granito. Adosados a la pared había tres bancos. Un nuevo golpe y la recepción quedó transmutada en un frondoso bosque de troncos y hojas negras. Entre las copas de los árboles, Roy creyó ver centenares de ojos que parecían arrugados trozos de papel; del primero al último lo observaban con desprecio, con sorna. Un nuevo chasquido trajo un laberinto, aparentemente también construido en papel, con altas murallas infranqueables. Otro más y, por fin, el hotel volvió a ser un hotel, aunque distinto. En esta nueva versión, el recibidor era mucho más grande y ornamentado. Figuras de mármol en escorzo se repartían por las esquinas. Al fondo de la sala había una amplia escalera que se bifurcaba a izquierda y derecha, con una alfombra roja que la cubría por completo. Del techo colgaba una imperial lámpara de araña, cuyos cristales destellaban y esparcían una tonalidad ámbar, casi dorada. En el centro, una fuente. Coronándola, la figura de un delfín.

—Bienvenido al Hotel Delfín, mister Saunders.

El agente literario siguió observando y maravillándose, a pesar del pánico que lo asolaba, con el lujo y la ostentación de aquella sala de recepción. Compararla con la otra, era como intentar igualar la noche y el día. También vio que, apoyadas sobre la baranda del primer piso, dos mujeres enlutadas con los rostros de dos cuervos de largos picos y ojos rojos escrutaban la escena, vigilantes. En una esquina, con el rostro vuelto hacia la estatua de turno, de rodillas, un hombre vestido de bufón parecía recibir algún tipo de castigo.

—¿Cómo has hecho eso? ¿Qué clase de truco o brujería es ésta?

Por primera vez en su vida, Roy Saunders empezaba a creer en lo sobrenatural. Demasiadas cosas raras como para no hacerlo. Sonia también había cambiado. Su rostro angelical, a pesar de ser el mismo, tenía algo de siniestro, un deje de maldad antiguo, milenario. Su vestido era ahora negro, al igual que su pelo. Llevaba los labios pintados de azul, a juego con la arena del desierto. Luego estaba su sonrisa, tan cruel y fría como la más cruenta de las guerras.

—Puedo hacer eso y cualquier otra cosa que me proponga. Este mundo es tan maleable como cualquier otro. Sus habitantes me pertenecen. Usted entre ellos, mister Saunders. Es mío. Mi nuevo juguete.

Una certeza apuñaló la conciencia de Roy.

—¡Tú, tú fuiste quien mató a Mike!

La muchacha cabeceó en gesto negativo.

—De eso nada. Mike escapó. Se largó de aquí. Obtuvo su particular llave trébol. Dónde está ahora, ni lo sé ni me importa. Dejó atrás este mundo y, por lo tanto, ahora es suyo, un soldado más de ese estúpido que se hace llamar a sí mismo Viajero de las Estrellas.

¿Llave trébol? ¿Viajero de las Estrellas? Roy no entendió ni una sola palabra de las muchas que habían atravesado aquellos labios antinaturales, pero, al menos, le alegraba saber que Mike pudo escapar.

—No sé nada de eso. Ni siquiera sé por qué estoy aquí ni por qué estoy sufriendo esta pesadilla.

La niña dio unos pasos al frente, acercándose un poco al agente literario, pero guardando todavía una distancia prudencial. Roy sentía una extraña atracción por ella, un deseo desgarrado, sexual, a pesar de que era sólo una cría. Su conciencia moral le recriminaba los terribles pensamientos que lo rondaban, pero no podía evitarlo: era un instinto primitivo, animal.

Sin dejar de sonreír, la muchacha dijo:

—Por puro azar. Cuando me aburro, lanzo las bolas de nieve al suelo y elijo una, la que más me gusta o llama la atención. De entre ellas, la suya fue la elegida. Por eso está aquí. No hay una razón trascendental.

—Sonia…

La chiquilla cortó el discurso de Roy, impidiéndole continuar.

—Ése no es mi nombre.

Roy Saunders estiró la espalda y se puso recto como un poste de luz, sorprendido.

—¿Cuál es tu nombre entonces? —preguntó.

Ella se encogió de hombros, explicó:

—Tengo muchos y, a la vez, ninguno. Supongo que depende de a quién le pregunte. Muerte, Parca, Demonio, Lucifer, Belcebú, Virus… Si me lo pregunta a mí, prefiero, simplemente, niña. Pues eso es lo que soy: una niña.

De manera inconsciente, Roy retrocedió dos pasos. ¿Era posible? ¿Acaso había muerto y descendido al Infierno? Tal vez había tenido un accidente de tráfico. Seguía, también, siendo posible que continuara dormido, pero esa opción le resultaba ya remota: no podía permanecer dormido después de tantos despertares. Aquello, de alguna forma que escapaba a su comprensión, tenía que ser real. Jamás se le hubiera ocurrido que el Infierno pudiera ser un hotel con nombre de mamífero acuático.

—Mike escapó… ¿Quiere decir eso que subió al cielo?

Como agnóstico recién relevado de su cargo, Roy se sintió ridículo haciendo la pregunta, pero entendió que debía formularla. La niña negó.

—No existe tal cosa. Como tampoco existe un Infierno. Olvídese de la gramática. Lo que usted, mister Saunders, como tantos otros, conoce como Cielo e Infierno son en realidad inventos del ser humano. Pero eso ya lo sabe. Todos tenemos las respuestas en nuestro interior, forman parte de nuestro ADN, aunque sólo unos pocos se atreven a mirar por sí mismos y hallarlas. Al final, tarde o temprano, todos acabáis descubriendo la verdad: nada ni nadie escapa de ella. Ni reyes ni plebeyos. Ni hombres ni mujeres. Ni cuervos ni gatos. Nada ni nadie, como ya he dicho.

Cayó el silencio. La fuente emitía un gorgoteo constante de agua. Las mujeres cuervo seguían vigilantes desde su posición privilegiada. El bufón continuaba de cara a la pared, sometido a su castigo.

—Cuéntame qué pasa ahora.

La niña miró al suelo y se sentó en posición de mariposa, con los faldones del vestido cubriéndole las rodillas. Luego recuperó su atención en Roy, quien sentía que su deseo sexual hacia la chiquilla era cada vez más irrefrenable.

—Como no te ha sido dada una llave trébol, sólo te queda una opción: entregarte a mí. Sólo tienes que pedírmelo y podrás hacerme tuya. Sé que lo estás deseando, lo noto en tus ojos.

No entendió lo de la llave trébol, a qué se refería, pero sabía que la muchacha decía la verdad: la deseaba con locura. Sin embargo, había algo en aquella sonrisa cargada de una maldad indefinible que lo atormentaba. Roy dudaba. Sabía sin saberlo que, si hacía el amor con ella, ya no podría escapar. Supo sin saber cómo que, si se unía a ella, pasaría a pertenecerle por el resto de la eternidad. «Siempre hay una alternativa», se dijo, pensando en su cliente y en las palabras de la niña: «Mike escapó. Se largó de aquí». Si el escritor lo hizo, él también sería capaz.

—Creo que necesito cambiar mis vacaciones. La dirección de este hotel deja mucho que desear.

Dicho esto, Roy echó a correr escaleras arriba. Cuando Roy estuvo cerca, las mujeres cuervo se echaron a un lado con agilidad, como si levitaran, dejándolo pasar. Subió escaleras a toda velocidad, sin mirar atrás, hasta el último piso, donde afrontó la contemplación de ese espejo que lo había machacado psicológicamente y del que, ahora, esperaba que le sirviera de escapatoria. Había tenido un presentimiento y se había lanzado a por él. Quizá estaba empezando a escuchar las respuestas escondidas en su interior, a descifrarlas. Cuando se fijó con mayor detenimiento, vio que el reflejo que le devolvía el cristal era el de un hotel en ruinas, oscuro, lleno de telarañas. Ahorcada en una viga desnuda yacía Sonia. Su rostro estaba azulado. Sus ojos habían sido arrancados: sendos regueros de sangre, ya seca, recorrían su rostro. Él mismo, a medida que se acercaba, iba desapareciendo, convertido en arena, como el hombre del desierto. Oía pasos a su espalda, pero no quería mirar atrás. Había tomado una decisión y no quería pensar en las consecuencias de estar equivocado. Tenía que salir bien.

Sin dejar de correr, Roy Saunders se lanzó contra el espejo, que en vez de hacerse añicos o repelerlo, lo acogió con naturalidad, como si lo abrazara. Parecía un saltador de trampolín que hubiera entrado con suavidad y profesionalidad en el agua.

12

Cuando despertó, no supo qué había pasado. Recordaba el Hotel Delfín, su encuentro con la niña y su huida a través del espejo, pero cómo había llegado hasta esa playa, el camino recorrido, se había borrado de su memoria. Las diapositivas en su mente iban con brusquedad desde el salto hacia el cristal hasta ese despertar en aquel lugar desconocido.

Hacía frío. El cielo, gris, era un tapiz uniforme. El ambiente olía a polvo, a suciedad. Al abandono que sucede a la destrucción, al caos. La arena estaba templada. Le reconfortó que fuera amarilla en vez de azul. La ropa elegante y los zapatos caros de Roy Saunders carecían allí de sentido. En aquella playa, ni siquiera el tiempo tenía relevancia. Enfrente, un mar infinito, agrisado, quizá reflejo del firmamento. Amarrada a la orilla, una barcaza de madera. A su espalda, una cordillera de altas montañas, a primera vista infranqueables. Sobe todo sin comida ni agua y con un atuendo tan poco apropiado.

—Parece que el camino está claro —dijo al aire después de sopesar sus posibilidades.

A continuación, empujó la barca hacia el mar y se subió de un salto. Esperó a que se estabilizara y, antes de comenzar a remar, sus ojos se posaron en una figura de papel, un origami. Estaba en el suelo de la embarcación. Representaba a un molino de viento. La manufactura era maravillosa, el acabado perfecto. Era una verdadera obra de arte. Contempló el molino en silencio, admirado. Luego se lo guardó en el bolsillo y comenzó a remar. Había decidido no pensar: sólo quería seguir adelante, adondequiera que su destino lo transportara, hacia el lugar donde aquel mar de petróleo lo llevara. El pasado había quedado atrás, enterrado junto a su cordura en algún lugar de su cabeza. Tal vez se hubiera vuelto loco. O quizá, sencillamente, estuviera muerto. O soñando. Cualquier posibilidad era plausible, pero no le apetecía devanarse los sesos buscando hipótesis y respuestas. Quería remar hacia adelante, siempre adelante.

Empezó con fuerza, con entusiasmo, pero a medida que el tiempo pasaba, el ánimo de Roy iba decayendo, derrotado por la inmensidad de aquel mar u océano que amenazaba con no terminar nunca. En el fondo, ya todo daba igual. Le pasara lo que le pasase, estuviera en un lugar o en otro, muerto o vivo, despierto o soñando, Roy Saunders se había visto despojado de toda esperanza. Ahora, lo único que le restaba por hacer era remar, quizá por el resto de la eternidad.

Remó y remó hasta que ya no pudo más y, harto, dejó de hacerlo. Se había desatado una fina lluvia que le irritaba la piel con el mero roce. Angustiado y agotado, el agente literario metió los remos dentro de la barca y se acurrucó en el fondo, encajado entre las dos tarimas que ejercían como asientos. Allí, en posición fetal, sintió que estaba muriendo poco a poco, tal vez para volver a nacer. Así lo creyó, como si de una revelación se tratase. Cerró los ojos y, a pesar de la lluvia, ligera pero incansable, también dolorosa, consiguió dormir de verdad, como estaba acostumbrado a dormir antes de cruzar las puertas del Hotel Old Hills, que al final resultó ser una fachada del verdadero, el Hotel Delfín.

—Despierta, despierta.

Ante el agente literario surgió la figura de un adolescente. Rostro pecoso, cabello fino, rojizo, ojos azules, sinceros, cansados. Atada al cuello por un cordel, llevaba colgando a la espalda una máscara de caballo. Vestía camisa a cuadros rojos y negros y pantalones vaqueros. Llevaba zapatillas deportivas. La ropa estaba sucia, ajada.

—Lo... lo siento, me he quedado dormido —balbuceó Roy Saunders.

Se dio cuenta de que hablaba un idioma que no conocía pero que articulaba con fluidez y entendía a la perfección. Era un conjunto de sonidos armónicos, una especie de melodía. Parecía español, aunque no estaba seguro, pues no sabía ni una sola palabra del idioma de Cervantes. El chico, quizá intuyendo sus tribulaciones, se adelantó a las preguntas.

—Tranquilo, lo acabarás entendiendo todo. Por ahora, es normal que estés confuso. Al principio, siempre ocurre.

—¿Dónde estoy? —quiso saber Roy, ignorando las cuestiones

relativas al lenguaje.

El chico elevó la vista y echó un vistazo en derredor. A continuación, dijo:

—Es imposible saberlo. Además, las fronteras y nombres hace mucho tiempo que dejaron de tener relevancia. Sin embargo, a mí me gusta decir que estamos en Brooklyn.

Como oriundo de Nueva York, el agente literario se alegró de saber que estaba tan cerca de casa, pero cuando contempló el paisaje, se dio cuenta de que aquello no era Brooklyn. Parecía una ciudad asolada por la guerra. El escenario que sucedería a una noche de bombardeos.

—¿Tienes tu origami? —preguntó el joven mientras lo ayudaba a desembarcar.

Roy Saunders miró al muchacho, extrañado, pero luego cayó en la cuenta y recordó la figura del molino de viento. Lo extrajo del bolsillo y se lo enseñó. El chico lo miró y asintió.

—¿Estuviste con ella? Con la mujer de los gatos, me refiero.

El agente negó con la cabeza.

—No. El origami lo encontré en la barca.

El muchacho asintió con cierto deje de melancolía.

—Ya. Por desgracia, últimamente es lo normal. Hace mucho que ninguno de los que llegáis hasta aquí la ha visto. Nosotros tampoco conseguimos dar con ella. Espero que esté bien, que no le haya pasado nada. En ese sentido, tu origami es una buena noticia.

—Supongo —dijo Roy, más por intervenir en la conversación que por convencimiento, pues en realidad no entendía qué importancia podía tener aquella mujer cuyo sello de distinción era que poseía varios gatos.

Caminaban por un sendero pedregoso, polvoriento. A ambos lados del camino, numerosos edificios en ruinas se consumían, convertidos en un recuerdo borroso de años de grandeza, de prosperidad. Ni uno ni otro abrían la boca ni se atrevían a interrumpir al silencio. Roy, agotado, hambriento, sediento y con los músculos atrofiados, caminaba por inercia, intentando seguir el rápido ritmo del adolescente con la cabeza de caballo colgando a la espalda. Un paso tras otro. Izquierda, derecha.

—Ya casi hemos llegado —anunció de súbito el chico.

Roy Saunders alzó la vista y contempló el horizonte. A menos de un kilómetro, entre los escombros de lo que un día debió de ser una gran ciudad, con altos rascacielos capaces de acariciar las nubes, una boca abierta hacia la negrura. Una vieja estación de metro abandonada.

Intentó reconocerla, pero fue incapaz. No había letrero ni símbolo alguno para identificarla. Eso sí, tras contemplarla, si de algo tuvo una certeza plena era de que no estaban en Nueva York. Ya dentro, escaleras descendentes, paredes amarillas de agujereados azulejos, con la pintura descascarillada. Líneas verdes y rojas surcaban los muros, pero no había ni rastro de mapas de líneas o letreros identificadores: habían sido arrancados o estaban demasiado desgastados para resultar legibles. Sin embargo, si Roy Saunders hubiera tenido que apostar, basándose sobre todo en las descripciones de libros que había leído, se hubiese decantado por una estación del metro de Londres. Era imposible corroborarlo, pues nunca había estado allí, pero había visto fotos y leído varias novelas ambientadas en la capital británica y, si la memoria no le fallaba, los diseños encajaban. Aunque, en realidad, poco importaba si era una ciudad u otra. Sólo quedaban ruinas.

Del interior de un vagón de tren igual de cochambroso y carcomido que la estación, cuyo interior estaba iluminado por lámparas de aceite, surgió un hombre en la cuarentena, alto, delgado, con el pelo largo, desgreñado y no demasiado voluminoso. Lucía una barba larga, igual de descuidada que su cabello. A pesar de la atmósfera, bastante fría y húmeda, estaba desnudo de cintura para arriba. A lo largo del andén y también dentro del vagón, Roy contó alrededor de treinta personas, mayoritariamente hombres, pero también algunas mujeres. Tenían el mismo aspecto andrajoso que aquel tipo que parecía ejercer de líder y que estaba plantado frente a Roy. Su rostro era serio. No sonreía. Tenía ojeras. En su mirada, el agente intuyó un regusto amargo, desesperanzado.

—Bienvenido.

—Soy Roy —introdujo el agente literario.

El hombre agachó la cabeza como saludo y continuó hablando.

—Es una alegría que hayas decidido cruzar el espejo. Te esperábamos.

Roy Saunders torció el gesto, sorprendido.

—¿A mí?

—Sí. Fue una suerte enorme encontrarte, sobre todo después de tanto tiempo. Fue por casualidad, he de añadir. En realidad, buscábamos a la Anciana de los Gatos, de quien hace mucho que no tenemos noticias. —El chico con la cabeza de caballo mostró el molino de viento. Cuando el hombre desgreñado lo vio, suspiró, se atusó la barba, sonrió y continuó hablando—: Suponíamos que ellos te habían borrado la memoria, inutilizándote. También había quien creía que habías desertado o, incluso, que te habías unido a ellos, entregándote a una vida de mentira, pero, en definitiva, más sencilla. La mayoría, no obstante, confiábamos en ti y por eso dedujimos que estabas sometido, vigilado por el sistema y sus regímenes de control. Pero ya estás otra vez aquí, entre nosotros, donde te corresponde.

Roy Saunders no comprendía por qué aquel tipo a quien no había visto antes lo trataba con semejante familiaridad, como si fueran viejos amigos o camaradas. Tampoco entendía qué importancia podía tener él, un exitoso agente literario de Nueva York, en aquella historia tan extraña. ¿Le habían borrado la memoria? ¿Quién, por qué? Aquello carecía de sentido. Recordaba en gran medida su paso por el mundo, con sus alegrías y frustraciones, con sus amores y desamores. ¿Qué pintaba él en aquella estación ruinosa? ¿Cuál era su papel y por qué parecía ser tan importante para aquella gente?

—Me parece que se ha equivocado de persona —aseguró después de un rápido análisis de la situación.

Varios pares de ojos se habían vuelto hacia él. Lo miraban, a mitad de camino entre la intriga y la esperanza. Algunos hombres se habían levantado y dado unos cuantos pasos dubitativos hacia donde Roy estaba, aunque se habían detenido a una distancia prudencial, como si temieran que aproximarse demasiado fuera un sacrilegio.

—De eso nada. Mira a tu alrededor, a los hombres y mujeres que habitan esta estación. Lee sus miradas. ¿De verdad cree que me he equivocado? ¿Acaso no ves la esperanza en sus ojos?

—Pero no tiene sentido, jamás los he visto y, por lo tanto, soy un desconocido para ellos.

El barbudo negó con la cabeza, dijo:

—¿De verdad piensas así? ¿Sigues ignorando mis palabras, las que te dije en el desierto?

Ante la mirada curiosa de Roy Saunders, el hombre mostró su antebrazo derecho, donde destacaba el tatuaje de los planetas.

—Sí, en efecto: era yo. Con otra apariencia, claro. Es uno de los peajes a pagar por volver allí: cambiar nuestro aspecto. Así logramos pasar desapercibidos durante una o dos horas: ellos siempre están atentos, buscando elementos discordantes en el sistema. Por eso tenemos mucho cuidado al infiltrarnos y limitamos nuestro tiempo de estancia a los ciento veinte minutos. El estado de *hipersueño* tiene su propio sistema de control y, por lo tanto, es peligroso. La niña lo es.

—¿Te refieres a Sonia? —preguntó Roy.

El tipo se encogió de hombros.

—Tiene muchos nombres, infinidad de ellos. Nosotros la conocemos como La Niña. Sé que no es muy original, pero no tenemos tiempo para estos asuntos.

—Así se definió ella también cuando se transformó en una versión siniestra de sí misma.

Un asentimiento.

—La versión siniestra era, en realidad, su apariencia real —aclaró el barbudo.

El agente literario evaluó la situación, ordenó ideas y, a pesar de los datos aportados, se dio cuenta de que seguía preso de la más absoluta ignorancia. No entendía nada. Ni una sola palabra. Los ojos continuaban observándolo, expectantes, todavía distantes. No sabía qué esperaban de él y no estaba seguro de poder dárselo.

—Insisto en que no sé qué papel juego yo en todo esto: soy Roy Saunders, un agente literario de Nueva York. ¿Qué puedo hacer yo por vosotros?

Hubo un movimiento inesperado. Era el chico de la cabeza de caballo. Se acercó, le puso una mano sobre el hombro a Roy y dijo:

—Ellos te hicieron creer que lo eras. Como antes fuiste Eduardo. Tu nombre varía, pero no tu valor. Te borraron la memoria, te convirtieron en un elemento más del sistema. Si te hubieras entregado a la niña por voluntad propia, jamás hubieras podido escapar de allí. Temíamos que lo hubieras hecho, condenando así al resto de hombres vivos que aún no saben la verdad. Contigo otra vez aquí, se aviva de nuevo la llama de la esperanza para ellos y también, claro, para nosotros. Eres el único capaz de hacerles frente, de acabar con su poder. Eres nuestra principal carta para vencer esta guerra. Si conseguimos derrotar al sistema, quizá podamos volver a conquistar la superficie, conseguir que la atmósfera deje de ser tóxica, reconstruir la civilización desde sus cimientos, desde las ruinas. Volver a ser, en definitiva, humanos.

—Pero... Pero yo no soy quien creéis que soy ni soy capaz de conseguir nada de eso.

El chico se colocó la cabeza de caballo sobre los hombros y dijo:

—Sí, sí que lo eres. Sólo tienes que recordar, buscar en tu interior. Allí, a pesar de sus esfuerzos, continúa estando todo. Tus recuerdos y vivencias. Todo. Quizá requiera tiempo, pero la memoria regresará y, con ella, la conciencia de ti mismo. La conciencia de ser quien nunca has dejado de ser: nuestro guía, nuestra sétima estrella.

—... El Viajero de las Estrellas —terminó Roy, quien, de pronto, lo vio todo claro.

FIN

55

Siete Estrellas de Papel

Siete Estrellas de Papel

Suena *Ruby, my dear*, interpretada por Roy Hargrove. La aguja del gramófono araña el vinilo, que gira con ritmo pausado. La casa huele a cerrado, como si llevara una semana vacía. Las paredes están sucias y desgastadas, llenas de agujeros, con la pintura descascarillada. Las ventanas, cubiertas por tablones. Del techo cuelga el cable pelado de una bombilla, pero ésta, si alguna vez existió, no está donde debería. La iluminación es tenue: proviene de la escasa luz que se cuela a través de los huecos que ceden los maderos. En el centro del salón hay una mesa de cristal con dos tazas de café. Calientes, humeantes. También dos sillones. En ellos, con aire serio y concentrado, guardan silencio dos hombres. Uno es joven, con dificultad sobrepasará la veintena. Tiene el pelo rapado, los ojos negros, las cejas finas, las líneas del rostro muy marcadas. Tostado por el sol, con una cicatriz en forma de rayo en la mejilla. Parece un militar. Lleva vaqueros y una camiseta negra, rasa. El segundo hombre es menudo, flaco, de rasgos orientales. Pelo moreno, fino, ojos marrones y dientes amarillentos. Camisa blanca, pantalones cortos de color azul. Tiene un cigarrillo en la mano, aunque no se lo lleva a la boca: la ceniza se acumula en la punta. Rondará los cuarenta.

—¿Qué vamos a hacer? —pregunta el más joven.

El asiático da una calada al cigarro, flemático, desganado. Mira al suelo con ojos fijos, como si en la sucesión de losas de granito se hallara la respuesta.

—Sólo nos queda esperar. Hicimos todo los que se nos pidió.

—Ya, pero no encontramos a la anciana de los gatos y, por lo tanto, no pudimos hablar con ella ni recibir su mensaje. No estaba donde nos dijeron. Eso, a todas luces, es un cambio en la línea establecida por el Destino y, se mire como se mire, un jodido contratiempo.

La mirada del asiático busca los ojos del muchacho con aspecto de militar, quien logra sostenerla a duras penas.

—Olvídate de eso, Donalbain. El Destino es sólo un cuento, una patraña. Nuestra batalla es mucho más importante y va más allá de todo eso.

El muchacho asiente. El disco avanza: ahora suena *Gloomy sunday*, de Brandford Marsalis. De los cafés ya no asciende el humillo blanco.

—Nuestra batalla… —repite el chico, en apenas un susurro.

Un asentimiento.

—Sí, nuestra batalla. El fin de la mentira. Despertar, por fin.

—Ver el mundo tal y como es. También yo me sé la retahíla, Siward.

Regresan los rostros serios, los labios sellados, las palabras acalladas. El asiático da breves caladas al cigarro de vez en cuando. Sólo les queda esperar una nueva llamada del Viajero de las Estrellas. En la última misión algo salió mal. Debían encontrarse con Cloto, la anciana de los gatos, en una estación de metro abandonada. Pero cuando llegaron allí, no hallaron otra cosa que polvo y silencio. Ni rastro de la anciana ni del mensaje que debía transmitirles. Tampoco saben nada del Viajero de las Estrellas, desaparecido desde hace más de un año. Sigue dejando mensajes y repartiendo órdenes, pero siempre desde la distancia. Desde allí donde esté, paradero que desconocen. Desde que se unieron a su cruzada, hace más de cinco años, sólo lo han visto dos veces. Han logrado algunas victorias y han visto cosas increíbles, cosas que les han ayudado a conservar la fe y seguir adelante, incluso cuando lo más fácil hubiera sido claudicar y regresar al mundo que rechazan, sea real o imaginario. Onírico o tangible.

—Volverá a ponerse en contacto con nosotros, ya lo verás —asegura el de mayor edad.

—Ya.

Hay un teléfono rojo en el suelo, cerca del gramófono. Ya no suena música. El vinilo ha terminado. La aguja está en alto, amenazante, pero lejos de la superficie del disco, que también ha dejado de girar. El silencio ahora es denso, puro. Si se diera una dentellada al aire, podría masticarse. Donalbain bebe café. Como está frío, decide tomárselo de un trago. Luego se levanta y pasea por la habitación, nervioso. Intenta ver algo por los resquicios dejados por las maderas que cubren las ventanas, pero apenas alcanza a intuir un trozo de cielo, nublado y gris.

Llaman a la puerta. Los dos hombres cruzan miradas tensas. No esperan a nadie. Tampoco han dado aviso de estar ocupando ese piso. Sus ojos formulan una pregunta silenciosa, ¿quién puede estar golpeando la puerta en esos momentos?

—Coge el arma —solicita el asiático.

Donalbain asiente, se acerca a su sillón y extrae una pistola que guardaba bajo el cojín. Encañonando hacia adelante, el muchacho avanza: Siward lo sigue. Se dirigen hacia la entrada, despacio, con sigilo. El más joven echa un vistazo por la mirilla: al otro lado surge la figura de una anciana. Tiene el pelo canoso, recogido en una coleta. Blusa azul, falda verde y rostro apergaminado. Entre los brazos lleva un gato negro. El felino duerme.

—Es ella, joder.

—¿Ella?

—La vieja de los gatos —anuncia Donalbain.

—Abre la maldita puerta entonces.

El muchacho cumple con la orden y corre el pestillo. Luego, sin mediar palabra, abre y deja pasar a la anciana, que los evalúa con detenimiento.

—Puedes guardar la pistola, conmigo no te hará falta —asegura después.

—Lo siento, no la esperábamos y, ya sabe, uno no puede fiarse nunca de quien llama sin avisar a su puerta. Este mundo se ha vuelto muy cabrón.

Una negación con la cabeza.

—Ya lo era antes. Desde que el tiempo es tiempo y la carne, carne. El problema es que, ahora, algunos habéis decidido saltar al otro lado, cruzar el espejo. Mirar las podridas entrañas de la realidad.

Guían a la anciana al salón, le ofrecen asiento. También un café, pero ella lo rechaza. Los dos hombres quedan de pie, aguardando instrucciones.

—Sé que esperáis un mensaje del Viajero, pero, para vuestra decepción, no tengo ninguno. Hace seis meses que no tengo noticias de él. Parece que se ha evaporado, una vez más.

Los dos hombres se miran, indecisos.

—Entonces, ¿por qué nos mandó reunirnos con usted? —pregunta el asiático.

—Eso. Ah, también querríamos saber por qué no estaba en la estación, tal y como estaba establecido...

Cloto acaricia al animal, que ronronea muy bajo, satisfecho.

—La estación es un lugar de paso, donde los viajeros que han aceptado su final toman su último tren. Me limito a esperarlos y entregarles su regalo. Tengo uno distinto para cada uno. Individualizado. También el vuestro estará a punto cuando os llegue el momento.

Las palabras quedan suspendidas, con ganas de ser interpretadas. Pero ni uno ni otro lo hacen. Prefieren ignorarlas, temerosos de lo que puedan significar. Buscan la verdad, pero la verdad, en la mayoría de los casos, es mejor ir tomándola a pequeños sorbos. Afrontarla de golpe es demasiado incluso para el corazón más intrépido.

—No lo entiendo —dice Siward.

—¿Qué no entiendes?

—El motivo de la reunión. Nos arriesgamos mucho para entrar y salir de la estación y, total, en vano. No sirvió de nada: usted no estaba allí.

—Si no estaba era porque no debía estar ahí en ese momento. Mi destino era otro. Igual que, ahora, es estar en esta habitación con vosotros. Las cosas siempre tienen un motivo.

—Eso siempre me lo decía mi madre cuando me echaban de un trabajo: si no te quieren es porque no era el adecuado. Patrañas —dice el más joven.

—Tal vez, pero ¿en eso consiste todo esto, no? En creer más allá de lo que ven los ojos. Confiar en el mensaje del Viajero de las Estrellas, quien ha estado aquí y allá, en éste y otros mundos. El único que ha desentrañado la red tejida en torno a la realidad y sabe moverse por ella, leerla, desafiando así el poder del Creador.

—Sí, pero…

—El pero no existe. Si hay peros, nuestra fuerza se debilita. Debemos aceptar lo que se nos ha dicho, lo que nos depara el futuro.

—Soy el primero en defender con uñas y dientes las palabras del Viajero. He luchado en su favor desde hace más de un lustro. La duda, sin embargo, está ahí y lo estará siempre, hasta que no exista una prueba irrefutable.

—Una prueba que tal vez no exista ni llegue a existir.

—Ya, por eso nunca he seguido una religión —interviene Donalbain—. Las considero una tontería. Todo ese rollo de la vida tras la muerte. De que hay que ser buenos y vivir conforme a unas reglas morales. Menuda sarta de gilipolleces. Por eso los mejores se mueren de un ataque al corazón o de cáncer y la gentuza como, por ejemplo, los dictadores genocidas, viven hasta los noventa años. Mi abuela, que era más buena que la lluvia en época de sequía, murió de repente, atropellada por un conductor borracho que se dio a la fuga.

La anciana de los gatos asiente.

—Tienes buena parte de razón. En primer lugar, por comparar al Viajero de las Estrellas con la cabeza visible de cualquier religión. Hay similitudes, sin duda. En segundo, por exponer sin morderte la lengua las incongruencias de cualquier religión. Eso, además, sin entrar a valorar textos sagrados ni historia. En esa tesitura, ni el más osado sería capaz de salir airoso en su defensa de cualquier doctrina. Pero éste no es nuestro caso. Nuestro Mesías, por llamarlo de alguna manera, existe. Es de carne y hueso. Hemos estado con él, hablado con él, lo hemos tocado. Creerle o no sí es una cuestión de fe, a pesar de los indicios.

Otro silencio. El asiático mira su reloj de pulsera. Donalbain suspira, cruza las manos a la espalda.

—Todavía no sabemos el motivo de nuestra reunión —suelta el hombre en la cuarentena, hastiado de tanta palabrería.

—Cierto. Vosotros no lo sabéis, pero yo cumplo con mi cometido. Con la misión que se me encomendó. Por eso he venido a buscaros. La estación, como os he dicho, está destinada a quienes han aceptado su destino. No es vuestro caso. Osados, preferís seguir luchando y, por esta razón, me toca intervenir, moverme. El Viajero os envió a verme, pero ni siquiera él lo sabe todo. Desconoce algunas reglas. A mí no se me puede buscar. Se me acepta. Pero ¿buscarme? Eso no tiene sentido. Sin embargo, os necesita. Eso me dijo, al menos. Yo, claro, he decidido ayudarle, a pesar de que sea una temeridad y con ello me arriesgue a romper el equilibrio. Pero una empieza a hacerse vieja y a estar aburrida. No me viene mal un poco de acción de vez en cuando. Eso, traducido a vuestro caso concreto, significa que, cuando salga de esta habitación, ambos moriréis. Es el destino que os corresponde.

—¿Perdón? —pregunto el joven, perplejo.

La anciana vuelve a asentir.

—Ésa es mi tarea. Soy el Barquero de Almas. Junto con el Viajero y la niña, yo decido quién es digno de pasar al otro lado. Elijo a los candidatos a cruzar el espejo. Tranquilos: para ser exactos, no os espera la muerte, sino el despertar. Veréis el mundo real, tal y como es. Sin engaños. Tal vez no os guste o tal vez sí, pero ya no podéis decidir. Quisisteis formar parte de esta guerra y, ahora, por fin, lo haréis.

La mujer se levanta, acaricia al gato, deja sobre la mesa dos origamis: un sol de doce puntas y una serpiente. Luego sonríe y abandona la habitación ante la atónita mirada de los dos hombres, quienes la observan marchar con desconcierto, incapaces de reaccionar. Una vez la figura de la anciana se ha desvanecido, ambos caen desplomados al suelo, sin vida.

Despiertan en una tierra yerma, junto a un pozo. En el cielo brillan siete estrellas. Solo siete. Muy grandes, blancas, de contornos arrugados, como si fueran de papel. El más joven mira a un lado y encuentra a su compañero, quien se incorpora despacio mientras se acaricia las sienes. A continuación, mira al frente y halla una imagen insólita: dos pies izquierdos, cercenados a la altura del tobillo, se agitan, nerviosos.

—Bienvenidos al mundo real —dice alguien en alguna parte.

Los dos hombres elevan la vista y, entonces, lo ven. Barbudo, desgreñado, con el torso desnudo. Es el Viajero de las Estrellas.

Treinta Estrellas Dentro de un Pozo

Treinta Estrellas Dentro de un Pozo

Un pájaro observa el mundo posado sobre una rama. Mira la lluvia con tranquilidad, ajeno al chaparrón, guarnecido del agua por la frondosidad del árbol. Es un cuervo negro, majestuoso. Bajo su atenta mirada, un hombre corre calle arriba: viste gabardina gris y sombrero, también gris. De su mano derecha cuelga un maletín de cuero. Está empapado y del sombrero, borsalino, se descuelga una improvisada y diminuta cascada. En la boca lleva un cigarrillo apagado y mojado, que se balancea entre sus labios. De repente, el tipo para en seco, se sacude como un perro recién bañado y entra en una cafetería, donde ha quedado con un hombre metido en la treintena y aspecto descuidado, quien lo espera tras una mesa y una taza de café. Ardiente, a tenor del humo blanco que asciende desde la cavidad del vaso.

—Disculpe la tardanza, con este tiempo y mi cabeza, ha sido muy complicado dar con la cafetería.

En realidad, es más bien una taberna, aunque a esa hora y en lunes, a nadie le apetezca beber alcohol. En las mesas contiguas sólo hay amas de casa y estudiantes.

—No se preocupe, doctor, tiempo es precisamente lo único que me sobra.

Con gesto contrariado y, tras pedir en silencio el permiso de su acompañante, el doctor se quita el abrigo y lo cuelga del respaldo de la silla. Después hace lo mismo con el sombrero, aunque esta vez lo apoya sobre la mesa. El camarero se acerca y los dos, a pesar de que el hombre que esperaba aún no ha tocado el que ya tiene entre manos, piden cafés y vasos de agua.

—Vaya verano llevamos, Eduardo. En pleno agosto y ya ve,

lloviendo a cántaros. Como no mejore pronto, me temo que mis vacaciones familiares en la playa van a ser más bien en la piscina climatizada del hotel.

—Bueno, a veces es mejor así. La playa como concepto está genial, pero luego resulta de lo más engorrosa. Hay medusas, el agua está sucia y la arena, quieras o no, se te mete por todas partes y no te suelta en todo el día. Al final, al llegar a casa, siempre tienes que darte una ducha, a pesar de haber pasado el día en remojo. Ironías de la vida.

El doctor asiente, pensativo. Mira al suelo, se alisa la camisa, hecha un guiñapo tras tanta carrera y chaparrón, suspira.

—El agua no siempre limpia. Usted lo sabe muy bien.

Eduardo se encoge de hombros.

—Sé cosas y, a la vez, no sé nada. Siempre me ha pasado, desde que tengo uso de razón.

Es el médico quien se encoge de hombros esta vez.

—Puede, pero permítame tomarme el café antes de entrar en materia y comenzar con los juegos de palabras. Hoy, no sé muy bien por qué, estoy de lo más espeso. Será el tiempo o que es lunes. A saber.

—Por supuesto. Todo en este mundo puede esperar y más aún si el asunto a tratar son los desvaríos de un demente.

El doctor hace un gesto en el aire con la mano derecha, como si espantara moscas o, en este caso, palabras. Tiene el ceño fruncido, el labio torcido, la nariz arrugada.

—Usted no está loco, por mucho que insista en añadirse semejante calificativo. Tiene problemas, claro, pero ¿quién no los tiene?

El tipo sonríe y asegura:

—Usted, por ejemplo. Hace poco lo demostraba, quizá sin querer. Su mayor preocupación ahora mismo son las vacaciones de verano que, con este tiempo, tal vez no sean tan placenteras como han de ser, se supone, unas vacaciones. No podría darle mi opinión sobre este asunto, pues he de admitir que nunca he trabajado y, por lo tanto, jamás me han correspondido vacaciones.

Llega el camarero con los cafés y los vasos de agua. Es joven, alto y delgado. Luce un ridículo bigote como el que caracterizó a Dalí. Un mostacho que, sin la personalidad del artista, queda tan mal como beber de la cisterna del retrete. Deja los cuatro vasos sobre la mesa y se marcha, raudo, hacia una pareja de cuarentonas que discuten acaloradamente unas cuantas mesas más allá.

—Un día ha de explicarme de dónde saca el dinero para vivir y, sobre todo, para satisfacer mis honorarios.

Otra sonrisa, un cabeceo afirmativo.

—Descuide, lo haré a su debido tiempo. Por ahora, vamos a centrarnos en el asunto que nos ha traído hasta aquí: mi última pesadilla, tan recurrente como repetitiva.

—Está bien. Cada cosa a tu tiempo. —Da un sorbo al café, incita—: Soy todo oídos, dispare.

Eduardo coloca una taza de café junto a la otra, las observa con detenimiento, pero no prueba ninguna de las dos. Se queda así, con la mirada fija en los vasos, casi un minuto, luego dice:

—Despierto en un pozo. Es oscuro, húmedo y huele a orines. El suelo es de tierra y arriba, muy arriba, se intuye el cielo nocturno, estrellado. De fondo suena música clásica que no reconozco y un sonido confuso que tampoco logro descifrar, pero bien parecen las palabras de un alocado poeta que recita versos sin ton ni son. Estoy atado con grilletes y, a pesar de eso, sonrío, siempre estoy sonriente, como si hubiera descubierto un gran secreto que, hasta entonces, me había pasado desapercibido.

Para aquí, traga saliva, bebe agua y coge aire. El doctor lo observa, interesado.

–Soñar con pozos es algo normal. A mucha gente le pasa. A mucha más de la que imagina. Su interpretación es amplia y depende de cada individuo en concreto. Desde ansias de libertad hasta miedo a destacar. Como le digo, existen numerosas formas de leer un sueño así: tendríamos que profundizar más, ahondar un poco más en su interior, Eduardo.

—Espero que no me pida que le hable de mi madre, porque no pienso hacerlo. Prefiero que nos ahorremos esa parte, doctor. Además, eso es sólo el principio. Estoy seguro de que una vez conozca el contenido completo de mi pesadilla, ya no opinará lo mismo. Le aseguro que mi sueño es de lo más original.

—De acuerdo. No le interrumpo más. Continúe —pide el doctor, quien da un nuevo sorbo al café.

—Intento escapar, por supuesto, pero como le he dicho antes, estoy atado con grilletes. Apenas puedo moverme. Grito como loco, para ver si alguien puede escuchar mi voz, quizá el poeta. Para mi sorpresa, a mi llamada, acude un oso. Un oso grande y peludo. Un grizzlie, creo, pero no estoy seguro del todo. Se asoma y, con una voz muy ronca, me pregunta si estoy bien y que qué demonios hago ahí abajo, metido en el pozo. No sé qué responder, nunca antes he hablado con un oso. Por eso, me limito a implorar ayuda. El animal me pide que me tranquilice mientras va en busca de alguien que pueda ayudarme a salir de allí, pues él, con sus garras y pezuñas, es incapaz de sacarme. Pasa mucho rato. Las estrellas siguen brillando en un firmamento oscuro como el tizón. Finalmente, un gato negro se asoma a la boca del pozo y, con una agilidad asombrosa, desciende a saltos hasta el fondo, yendo de pared en pared. Una vez abajo, araña los grilletes y éstos, como si fueran de papel, se deshacen y se convierten en polvo.

Hace otra pausa, a medio camino entre la teatralidad y el descanso necesario de la voz y la saliva.

—En verdad que es un sueño de lo más particular el suyo. Por lo menos hasta ahora —asegura el doctor.

—Aún queda mucho. Agárrese a la silla y escuche con atención. Lo que viene a continuación es incluso más extraño que lo anterior. El gato, una vez dentro y tras haberme liberado, se transforma en una mariposa gigante, de tamaño humano. Es tan grande que a duras penas consigue desplegar las alas. Sin mediar palabra, el insecto se agacha y me incita a que me suba a su lomo. Obedezco, claro, pues no existe otra opción posible. Luego asciende como puede por el hueco: vuela despacio, intentando no arañarse ni golpearse con las paredes. Una vez estamos fuera, deshace la metamorfosis y recupera su forma gatuna. En la superficie me esperan el oso y un viejo andrajoso al que le faltan los dedos de los pies. No tiene ni uno. Dos muñones informes los sustituyen.

El médico pide una tregua.

—Espere, por favor. No sé si le sigo. Demasiada información en poco tiempo —corta el médico, quien termina el café de un trago—. La mezcla es muy curiosa. Un gato negro que se transforma en mariposa, un oso parlanchín y un anciano con los dedos de los pies amputados. En verdad curiosa. Jamás había escuchado algo semejante, de eso no le quepa duda. Déjeme anotarlo todo, no me gustaría perder detalle. — Eduardo asiente, conforme. El médico extrae del bolsillo de la gabardina una pequeña libreta y un bolígrafo, empieza a escribir con frenesí. Cuando acaba, dice—: ¿Qué ocurre a continuación?

En la tele, puesta de fondo, echan una película rarísima en la que un adolescente habla con un tipo que va disfrazado con un traje de conejo de aspecto siniestro.

—Salgo fuera y observo el panorama —prosigue—. La música surge de un aparato de radio extraído de los primeros compases del siglo veinte, amén de estar lleno de manchas de pintura. Estamos en una especie de erial, seco y pedregoso, pero donde, para mi sorpresa, crecen unos arbustos de más de un metro de alto que se asemejan en forma a las setas que suelen crecer en los chopos. Junto al aparato de radio hay un tablero de ajedrez, donde, en un análisis somero, las fichas negras llevan una ligera ventaja. En efecto, el anciano está hablando en voz baja y recita algunos pasajes de Hamlet. De literatura sí entiendo algo y no me costó demasiado esfuerzo reconocer las citas surgidas de la pluma de Shakespeare. Como no sé muy bien cómo reaccionar ante una tesitura como la que tengo delante de las narices, procedo a preguntar dónde estoy y si, por alguna casualidad, alguno sabe cómo salir de aquel desierto. Es el oso quien me contesta. Apoyado en su voz de gánster neoyorquino de los años veinte, dice: «estás en un sueño, como muy bien sabes. En el sueño de alguien que duerme y que es, a su vez, soñador soñado. Salir… Bueno, no existe dicha posibilidad. Pero se puede despertar y afrontar una de las múltiples realidades». Le he reproducido las palabras tal cual las pronuncia. Las tengo apuntadas. A la tercera vez en que la pesadilla se repitió, decidí ponerlas por escrito. Memorizarlas ha sido casi inevitable. Como cuando quieres evitar llamar a tu exnovia y borras su número del teléfono: sin embargo, lo tienes bien guardado en la memoria.

El psiquiatra apunta con entusiasmo. Garabatea palabras y más palabras. Su letra es ilegible: parece que escriba en un idioma extranjero.

—Intentemos sacar algo en claro. Llegados a este punto, hay ciertos aspectos que convendría tratar de esclarecer. Tenemos un pozo, un gato-mariposa, un tablero de ajedrez, un desierto donde hay arbustos con forma de setas, un oso que habla y un viejo sin dedos de los pies que recita a Shakespeare, ¿voy bien?

—Sí. No olvide, además, que es noche cerrada y el cielo está estrellado. Tal vez pueda tener alguna relevancia.

—Tal vez —admite el doctor—. «Estás en un sueño, como muy bien sabes. En el sueño de alguien que duerme y que es, a su vez, soñador soñado. Salir… Bueno, no existe dicha posibilidad. Pero se puede despertar y afrontar una de las múltiples realidades». Una frase de lo más curiosa que, para serle sincero, no termino de entender ni descifrar. ¿Qué demonios significa? Sueños, soñadores soñados, ¿qué quiere decir? ¿Tiene alguna idea? ¿Le sugiere algo?

El hombre de pelo desgreñado y barba poblada carraspea y sonríe con mayor amplitud, mostrando unos dientes muy blancos, que contrastan con su aspecto general.

—Otra vez quiere que hablemos sobre mi madre y los traumas de mi infancia. Olvídelo, no hay ninguno. Mi madre era y es una santa mujer y, mi padre, un honrado comerciante. Ambos están ya jubilados y viven con tranquilidad en un pueblecito de la costa.

El doctor hace un gesto negativo con la mano, dice:

—Créame: no me interesa lo más mínimo su infancia ni conocer cosas sobre su madre. Mi pregunta es clara, directa y sincera. Estoy perdido, lo admito. Su narración supera mis expectativas, no sé por dónde cogerla. Muchos elementos y personajes extraños reunidos en un mismo marco. Pero no se preocupe: intentaremos aclarar el porqué de esta extraña reunión. Cuénteme qué le sugiere a usted. ¿Por qué cree que la misma pesadilla se repite una noche tras otra?

Eduardo se encoge de hombros.

—Porque estoy loco, ya se lo he dicho. Son únicamente los desvaríos de un demente. De todos modos, ¿ha visto *Matrix*, doctor?

Niega con la cabeza.

—No, pero he oído hablar de ella y creo que, más o menos, sé de qué va. Algo sobre un mundo dominado por máquinas y una realidad virtual donde los humanos viven engañados, ¿no es así?

—Bueno, es algo mucho más profundo, pero más o menos sí, es eso. Un elegido ha de salvar a la humanidad de una existencia de esclavitud, sometida al yugo de las máquinas. Sin querer darme ínfulas de lo que no soy, veo ciertas similitudes. Quizá el sueño no se refiera a viejos traumas, miedos o desesperanzas, tal vez responda a una pregunta más grande, tal vez forme parte de un puzle más complejo. Pienso que se trata de una revelación. De una llamada de atención. Algo así como: «eh, tú, ¿a qué demonios estás esperando? Es hora de que muevas el culo y hagas algo». Abrir los ojos, en definitiva.

El doctor vuelve a sacudir la cabeza en gesto negativo.

—No, no y no. Eso sí que no tiene ni pies ni cabeza. No diga tonterías. En la práctica moderna no todo se soluciona recurriendo a Freud. A veces hay que ir un poco más allá. Investigar, explorar otras teorías, otras corrientes de pensamiento. Pero no por mucho que crea que puede usted volar, en verdad podrá hacerlo. Incluso aunque se construyera unas alas. Los pájaros pueden volar, los hombres, no.

—Un hombre puede hacer cualquier cosa que se proponga. Además, aquí no estamos hablando de un terreno concreto, tangible. Nos estamos moviendo por aguas turbulentas, inseguras: hablamos de la irrealidad del mundo onírico. La cuestión que se plantea es, ¿cómo sabemos, usted y yo, que existimos en realidad? ¿No podríamos ser el sueño de alguien que duerme? ¿Por qué no, al mismo tiempo, este primer soñador no puede ser el sueño de un segundo? Sueños que se superponen, realidades que se mezclan y se solapan hasta llegar, supongo, a un nivel superior, donde descansa el soñador original y, a la postre, único ser real.

—Stop. Pare, en serio. Soy hombre de ciencia y, esto que plantea, es ciencia ficción pura y dura. Para una novela puede ser un argumento interesante, incluso, diría, ya que menciona películas, que hay una con un argumento semejante, aunque sin mariposas gigantes ni osos parlanchines. Pero no, en mi disciplina no hay hueco para las fantasías de este tipo. Olvídese de esa interpretación, Eduardo. Nada de esto tiene que ver conmigo ni con usted. Me temo que el asunto que nos atañe es mucho más mundano, sencillo. Aquí no hay máquinas que esclavizan, duendes ni hombrecitos verdes. Hablamos de los recovecos de su mente, de sus traumas y sus miedos más arraigados. Algo guarda dentro que le hace soñar con esa reunión y ese paisaje irreal. En su grado de colaboración queda que podamos aclarar y solucionar este asunto. Cuanto más ayude, antes le daremos carpetazo y usted podrá volver a dormir tranquilo.

—De acuerdo, intentémoslo a su manera, doctor. Le escucho.

El reloj de pared de la taberna marca las tres y treinta y tres. El psiquiatra, extrañado, comprueba la hora en su muñeca: son las cinco y cuarenta y un minutos de la tarde. Las horas no le cuadraban, pero la explicación es muy sencilla: el reloj del bar está parado, roto.

—En mi opinión, usted tiene un problema de personalidad. Quiso ser una cosa, escritor, publicista o banquero, no lo sé, pero de repente decidió cambiar y se vio atrapado en una vida que no le gustaba. Su futuro lo encontraba sombrío y vacío y a su alrededor se encontraban personas a las que no entendía; ni ellos, claro está, lo entendían a usted. Es solitario, distante y antisocial. Todos estos problemas persisten hoy en día y se corresponden, de manera alegórica, con los diferentes personajes y elementos que componen su pesadilla, Eduardo. Lo sabe bien. Malas decisiones pasadas que repercuten en el futuro. Pero todavía está a tiempo de cambiar, de borrar de un plumazo la vida que no le gusta y sustituirla por una que le convenza. Si quiere escribir, hágalo. Sirva también esto para si desea pintar o montar un bar de copas. El fin es lo de menos, lo importante es el medio, esa mentalidad de cambio de la que le hablo. Si necesita dinero, pídaselo al banco. Endéudese, arriesgue, gane, pierda. Viva. De este modo, saldrá adelante y dejarán de atormentarle pesadillas como la que me ha relatado y otras semejantes que, seguro, vendrían después de ésta. —Calla, suspira, se alisa una vez más las arrugas de la camisa, sentencia—: Éste es mi veredicto y diagnóstico final.

La sonrisa del paciente se ensancha, termina su vaso de agua: el café no lo ha probado. La película termina y vuelve a comenzar desde el principio, activado el modo repetición. El bar está mucho más lleno que hace una hora.

—Es una manera de verlo, claro. Por eso le he llamado y para eso le pago. Quería oír justamente eso: una opinión práctica, facultativa. Sin embargo, he decidido ir más allá, someter esta locura a un análisis más profundo, a, llamémoslo así, una terapia de choque.

Se levanta, saca una pistola del bolsillo del pantalón, fija sus ojos en el psiquiatra, quien lo mira desorbitado, perplejo. Se ha agarrado a la silla, incapaz de reaccionar. Pasan unos segundos, unas pequeñas eternidades. Cuando el griterío se ha adueñado de la sala y el resto de clientes se levantan ya de sus sillas y escapan del local a todo correr, pegados a sus teléfonos móviles, Eduardo guiña un ojo a su psiquiatra y aprieta el gatillo.

Cuando abre los ojos, una cabeza de caballo lo observa con atención. De fondo se oye goteo de agua. Está sobre una cama, tumbado. La habitación huele a sábanas recién lavadas. Fuera, está nevando. Se incorpora un poco, da una palmada en el hombro al chico, quien se quita la máscara y se limpia el sudor. Luego respira con calma, disfruta del aire que entra en sus pulmones, se acaricia las sienes y sonríe, complacido.

Notas del autor

La Trilogía de los Viajes Imaginarios termina aquí, con esta novela corta. Lo hace con matices, entre comillas. El universo creado, la trama, seguirá alimentándose de relatos. Este alargue no responde a una cuestión económica, por supuesto que no. De hecho, esta novela —también los relatos— la voy a poner muy barata. También las demás. Dado que esto de la literatura no me da dinero, he optado por ganar lectores. Al final, eso es lo único que siempre me ha importado: ser leído. La podréis encontrar en diversos puntos de la web para descargar. Es cuestión de usar vuestro buscador de confianza.

Estrellita, ¿dónde estás?, me pregunto quién serás ha sido una novela reescrita desde el principio. La tercera parte inicial ha quedado aparcada y sin fecha, muy alejada del surrealismo y del estilo de esta novela y de las dos anteriores que componen estos viajes imaginarios: *A través del espejo* y *El viaje del hombre que no quería viajar*.

En esta obra decidí unirme al carro de los escritores que viajan al Hotel Delfín, como ya hicieron Stephen King y Haruki Murakami. Pude elegir cualquier otro nombre, pero opté por el emblemático Delfín a modo de homenaje y porque, sencillamente, me apetecía. En sí mismo el hotel no tiene especial relevancia, pero espero que os guste el viaje por sus pasillos largos y silenciosos.

Una vez más, estamos ante una novela surrealista. De otro modo, no encajaría demasiado bien en la serie de libros. Por eso descarté la novela que iba a ejercer de cierre de trilogía. El argumento tiene una relación directa con las novelas anteriores, pero eso no quiere decir que no se pueda leer de manera individual. Se puede, pero el lector se perderá muchos matices y no apreciará el argumento en su totalidad.

Por eso, recomiendo leer las novelas en orden de publicación, es decir, *A través del espejo*, *El viaje del hombre que no quería viajar* y *Estrellita, ¿dónde estás?, me pregunto quién serás*.

Además de las novelas, como ya he comentado antes, este particular universo *matrixiano* que he creado se alimentará de varios relatos, que iré publicando sobre la marcha y que complementarán a la historia principal. En esta novela corta incluyo dos de ellos.

Antes de irme, como siempre hago, quiero agradecer la paciencia de familiares y amigos, que me siguen apoyando a pesar de que los años pasan y el horizonte sigue estando lejos, muy lejos. También a mis lectores, por supuesto. Aprecio vuestra fidelidad y entusiasmo. Sin vosotros, mis novelas carecen de sentido. Que nunca se os olvide.

Un abrazo, Raúl Frías
25 de noviembre de 2019